Bianca

UN SECRETO TRAS EL VELO
DANI COLLINS

Editado por Harlequin Ibérica.
Una división de HarperCollins Ibérica, S.A.
Núñez de Balboa, 56
28001 Madrid

© 2016 Dani Collins
© 2017 Harlequin Ibérica, una división de HarperCollins Ibérica, S.A.
Un secreto tras el velo, n.º 2521 - 25.1.17
Título original: The Secret Beneath the Veil
Publicada originalmente por Mills & Boon®, Ltd., Londres.

I.S.B.N.: 978-84-687-9128-9
Depósito legal: M-38432-2016
Impresión en CPI (Barcelona)
Fecha impresion para Argentina: 24.7.17
Distribuidor exclusivo para España: LOGISTA
Distribuidores para México: CODIPLYRSA y Despacho Flores
Distribuidores para Argentina: Interior, DGP, S.A. Alvarado 2118.
Cap. Fed./Buenos Aires y Gran Buenos Aires, VACCARO HNOS.

Capítulo 1

EL SOL de la tarde atravesaba directamente la ventana, cegando a Viveka Brice al avanzar por el improvisado pasillo de la boda que iba a evitar... aunque nadie lo supiera todavía.

El interior del club de regatas, situado en aquella remota y exclusiva isla del Egeo, era de mármol y bronce, lo que añadía más resplandor a la luz blanca. Si a eso se le añadían las capas del velo, apenas podía ver, así que tuvo que agarrarse a regañadientes del brazo de su agraviado padrastro.

Seguramente él no veía tampoco muy bien. En caso contrario la habría desafiado por estropear su plan. No se había dado cuenta de que ella no era Trina.

Estaba consiguiendo ocultar el hecho de que su hermana había dejado el edificio. Tenía el estómago del revés por los nervios y la emoción.

Entornó los ojos y trató de no clavar la mirada en los invitados de la boda que estaban de pie ante el sacerdote. Evitó deliberadamente mirar la figura alta e imponente del confiado novio y miró por las ventanas hacia el bosque de mástiles que se balanceaban en el agua. Su hermana se había librado de aquel matrimonio forzado con un desconocido, se recordó tratando de calmar el acelerado ritmo de su corazón.

Cuarenta minutos atrás, Trina había dejado a su padre en la habitación en la que se estaba vistiendo. Todavía llevaba puesto este vestido, pero no se había colocado el velo. Le había prometido a Grigor que estaría lista a tiempo mientras Viveka se había mantenido lejos de su vista. Grigor no sabía siquiera que Viveka había regresado a la isla.

En cuanto Grigor salió de la habitación, Viveka ayudó a Trina a quitarse el vestido y luego su hermana la ayudó a ponérselo a ella. Se dieron un fuerte abrazo y luego Trina desapareció en el ascensor de servicio desde donde llegó a un hidroavión que su verdadero amor había contratado. Se dirigían a una de las islas mayores del norte donde todo estaba preparado para que se casaran en cuanto tomaran tierra. Viveka estaba ganando tiempo para ellos al apaciguar las sospechas, permitiendo que la ceremonia continuara el mayor tiempo posible antes de revelar su identidad y escapar también a su vez.

Volvió a escudriñar el horizonte en busca de la bandera del barco que había contratado. Le resultó imposible verlo y eso la puso todavía más nerviosa que la idea de subirse a una embarcación perfectamente segura. Odiaba los barcos, pero no estaba en posición de alquilar un helicóptero privado. Le había entregado una considerable cantidad de sus ahorros a Stephanos para ayudarla a llevarse a Trina en el avión. Gastarse el resto en cruzar el Egeo en una lancha rápida era lo más parecido a su peor pesadilla, pero el ferry solo hacía un trayecto al día y la había dejado allí aquella mañana.

Pero sabía en qué atracadero estaba el barco. Había pagado al capitán para que esperara y Stephanos le había asegurado que podía dejar el equipaje a bordo sin ningún riesgo. Una vez que se descubriera no podría siquiera cambiarse. Saldría corriendo a buscar ese barco, apretaría los dientes y navegaría hacia el atardecer, satisfecha por haber prevalecido finalmente sobre Grigor.

El corazón le dio un vuelco cuando llegaron al final

del pasillo y Grigor transfirió sus helados dedos al novio de Trina, el sobrecogedor Mikolas Petrides. Su contacto le provocó un escalofrío que la atravesó. Se dijo a sí misma que era alarma. Tensión nerviosa.

El contacto de Mikolas flaqueó de un modo casi imperceptible. ¿Habría sentido también él la corriente? Envolvió los dedos en los suyos provocándole una oleada de calor por todo el cuerpo. No era confort. Viveka no se engañaba a sí misma creyendo que Mikolas se molestaría en algo así. Era todavía más intimidante en persona que en fotos, tal y como Trina le había dicho.

Viveka estaba impresionada por la fuerza que emanaba con el pecho y los hombros tan anchos. Tenía demasiada energía masculina para la hermana pequeña de Viveka. Y también para ella misma.

Miró de reojo su rostro y encontró su mirada tratando de penetrar a través de las capas del velo. Tenía el ceño fruncido, casi como si sospechara que la mujer que tenía delante no era la que debía ser.

Dios, era muy guapo con aquellos pómulos marcados y el pequeño hoyuelo del mentón. Tenía los ojos de un gris ahumado rematados por unas pestañas negras y largas que no se inmutaron cuando bajó la afilada nariz.

«Podríamos haber tenido hijos con ojos azules», había pensado Viveka cuando vio por primera vez su foto. Era una de aquellas tonterías genéticas que le llamó la atención cuando era lo suficientemente joven como para creer en la pareja perfecta. Ahora seguía siendo un atributo que en su opinión hacía más atractivo a un hombre.

Se había sentido tentada a detenerse en su imagen y especular sobre el futuro con él, pero sintió que tenía una misión desde que Trina le dijo llorando que la iban a vender en una fusión empresarial como si fuera una esclava del siglo XVI. Lo único que tuvo que hacer Viveka fue ver los titulares que calificaban al novio de Trina como el hijo de un gánster griego asesinado. Nunca permitiría que su hermana se casara con aquel hombre. Trina le había suplicado a Grigor que esperara hasta marzo, cuando cumplía dieciocho años, y que la boda fuera algo íntimo y que se celebrara en Grecia. Aquella fue la única concesión que logró. A partir de aquella mañana, Trina tenía edad legal para casarse con quien quisiera, y no había escogido el poder y la riqueza de Mikolas Petrides.

Viveka tragó saliva. El contacto visual parecía mantenerse a pesar de la organza color marfil que había entre ellos, creando una sensación de conexión que le provocó una corriente de energía y de nervios por todo el cuerpo.

Trina y ella se parecían a su madre, pero Trina era más morena, con la cara redonda y los ojos marrones y cálidos, mientras que Viveka tenía los ojos azules y mechas rubias naturales que había cubierto con el velo.

¿Sabría Mikolas que no era Trina? Se cubrió los ojos dejando caer las pestañas.

El susurro de la gente al sentarse y el alto en la música le provocó una ola de sudor en la piel. ¿Podría escuchar Mikolas su pulso, sentir sus temblores?

«Esto no es más que teatro», se recordó. Nada de aquello era real ni válido. Terminaría enseguida y podría seguir adelante con su vida.

Durante un tiempo consideró la posibilidad de ganarse la vida actuando. Siempre quiso ser artista de algún tipo, pero tuvo que crecer rápido cuando su madre murió. Había trabajado allí, en el club de regatas, mintiendo sobre su edad para lavar platos y fregar suelos.

Quería independizarse de Grigor lo antes posible, apartarse de sus despectivos comentarios que se habían convertido en abuso directo. Grigor la había ayudado echándola de casa antes de que cumpliera quince años. En realidad la había apartado de aquella isla, de Grecia y de su hermana cuando supo que estaba trabajando y que tenía los medios para mantenerse y que no se plegaría a su voluntad. La echó de casa, se aseguró de que la despidieran y que no pudiera trabajar en ningún sitio.

Trina, que entonces tenía nueve años, le dijo que ella estaría bien. Que se marchara.

Viveka se fue a vivir con una tía mayor de su madre en Londres. Solo conocía a Hildy por felicitaciones navideñas, pero la mujer la acogió. No fue fácil. Viveka pasó por ello soñando con llevarse a su hermana a vivir con ella allí. Unos meses atrás había pensado en ellas como dos mujeres libres y jóvenes, veintitrés y dieciocho años, labrándose un futuro en la gran ciudad...

–Yo, Mikolas Petrides...

Tenía una voz arrebatadora. Mientras repetía su nombre y pronunciaba los votos, la cadencia aterciopelada de su tono se apoderó de ella. Olía bien, a ropa buena, a loción para después del afeitado y a algo único y masculino que supo que se quedaría grabado en ella para siempre.

No quería recordar aquello durante el resto de su vida. Era una ceremonia que ni siquiera tendría que estar teniendo lugar. Solo era una sustituta.

El silencio hizo que se diera cuenta de que le tocaba a ella.

Se aclaró la garganta y buscó un adecuado tono modesto. Trina nunca había sido objetivo de Grigor. No solo porque era su hija biológica, sino porque era tímida, probablemente porque su padre era un sexista malnacido y malvado.

Viveka había aprendido del modo más duro a sentir terror de Grigor. Incluso en Londres, la nube de su intolerancia se había cernido sobre ella como un veneno, haciendo que tuviera cuidado cuando contactaba con Trina y sin poner nunca a su hermana contra él confiándole sus sospechas para que Grigor no pudiera hacerle daño a través de Trina.

Viveka había jurado que no volvería a Grecia y menos con planes que llevaran a Grigor a odiarla todavía más, pero estaba segura de que lo único que haría sería gritar delante de los invitados a la boda. Había magnates de la comunicación entre los invitados y paparazis sobrevolando la zona. Estar ahí solo suponía para ella correr el riesgo de pasar por la confusión y la vergüenza. Nada más.

Confiaba sinceramente en ello.

Se acercaba el momento de la verdad. La voz le tembló y consiguió así que sus votos fueran una imitación creíble de Trina mientras ocupaba fraudulentamente su lugar, anulando el matrimonio y la fusión que Grigor tanto deseaba. No era algo que pudiera compensar la pérdida de su madre, pero suponía una pequeña retribución. Viveka sonrió para sus adentros mientras lo hacía.

Le tembló el ramo cuando se lo dio a alguien y sintió los dedos torpes mientras intercambiaba anillos con Mikolas, manteniendo la farsa hasta el último minuto. No iba a firmar ningún papel, por supuesto, y tendría que devolver el anillo. Diablos, no había pensado en ello.

Las manos de Mikolas también resultaban atractivas, tan bien formadas, fuertes y seguras. Parecía que tuviera una uña marcada, como si se hubiera hecho daño en el pasado. Si aquella fuera una boda real conocería aquel detalle íntimo sobre él.

Se le llenaron los ojos de lágrimas sin saber por qué. Tenía los mismos sueños infantiles sobre una boda de cuento de hadas que cualquier mujer. Deseó que aquello fuera el principio de su vida al lado del hombre al que amaba. Pero no era así. Nada de aquello era legal ni real.

Y todo el mundo estaba a punto de darse cuenta.

–Puedes besar a la novia.

Mikolas Petrides había accedido a aquella boda por una única razón: su abuelo. No era un hombre sentimental ni manipulable. Y desde luego, no se casaba por amor. Aquella palabra era una excusa inmadura para el sexo que no existía en el mundo real.

No, no sentía nada por su novia. No sentía nada por nadie porque así lo había decidido.

Incluso la lealtad hacia su abuelo era provisional. *Pappoús* le había salvado la vida. Le dio a Mikolas aquella vida cuando se verificó su parentesco. Había reconocido a Mikolas como nieto sacándolo de la parte indefensa de un mundo brutal para llevarlo al lado poderoso.

Mikolas se lo agradeció por sentido del deber. Su abuelo había nacido en una buena familia durante los tiempos difíciles. Erebus Petrides no había permanecido en el lado de la ley y había hecho lo que consideró necesario para sobrevivir. Llevar una vida corrupta le había costado la vida de su hijo, y Mikolas se convirtió en la segunda oportunidad de Erebus y en su heredero. Le había dado carta blanca a su nieto sobre su imperio mal construido con la condición de que Mikolas lo convirtiera en una empresa legal y al mismo tiempo lucrativa.

No era una tarea sencilla, pero este matrimonio era el último paso. Desde fuera, parecía que el conglomerado mundialmente famoso de Grigor iba a absorber una corporación de segunda clase con un pedigrí cuestionable. Pero en realidad Grigor estaba siendo bien pagado por un logo empresarial. Mikolas se encargaría a la larga de toda la operación.

¿Acaso no resultaba irónico que su madre hubiera sido lavandera?

En cualquier caso, este matrimonio era una de las condiciones de Grigor. Quería que su propia sangre heredara su riqueza. Mikolas aceptó para pagar la deuda con su abuelo. El matrimonio le serviría en otro tipo de asuntos y no era más que un contrato. La ceremonia estaba más elaborada que la mayoría de las reuniones de trabajo, pero no era más que una fecha para firmar sobre las líneas de puntos y hacerse luego la foto requerida.

Mikolas había visto a su novia dos veces. No era más que una niña, y extremadamente tímida. Guapa, pero no le había despertado ninguna chispa de atracción. Renunciaría a tener aventuras mientras ella crecía y se conocían. Mientras esperaba a que la novia llegara al altar, se le ocurrió pensar que el matrimonio tendría otra ventaja más. El resto de las mujeres no intentarían arrastrarle al matrimonio si ya llevaba anillo de casado.

Entonces su aparición le paralizó. Algo sucedió. Deseo.

Nunca se sentía cómodo cuando las cosas se escapaban de su control. Aquel no era el lugar ni el momento para sentir una punzada de deseo por una mujer. Pero sucedió.

Ella llegó hasta su lado con un velo que tendría que haberle producido irritación. Pero por alguna razón, el misterio le resultó profundamente erótico. Reconoció su perfume porque se lo había olido en las otras ocasiones, pero en lugar de dulce e inocente ahora le pareció embriagador y femenino.

Tampoco su figura esbelta era tan infantil como le había parecido en un principio. Se movía como si fuera dueña de su cuerpo, ¿y cómo no se había dado cuenta antes de que tenía los ojos tan azules? Apenas podía verle la cara, pero la intensidad de aquel color no podía ocultarse tras unas cuantas capas de encaje.

El corazón empezó a latirle de un modo conocido y doloroso. Deseo. El de verdad. El que suponía algo más que una necesidad básica.

Sintió un escalofrío de pánico pero acalló los recuerdos de las carencias. Del terror. Del dolor. Actualmente conseguía todo lo que quería. Siempre. Iba a conseguirla a ella. Experimentó una oleada de satisfacción.

La ceremonia avanzaba despacio. Mikolas estaba deseando que terminara para poder levantarle el velo. Se dijo que se debía a la satisfacción por cumplir el objetivo que su abuelo le había asignado. Con aquel beso las hojas de balance saldrían del centrifugado limpias y planchadas como si fueran nuevas. Lástima que el viejo no se encontrara bien para haber viajado hasta allí y disfrutar en persona del momento.

Mikolas dejó al descubierto el rostro de su novia y se quedó paralizado.

Era preciosa. Tenía una boca fascinante de labios gruesos y una barbilla fuerte que se alzaba desafiante mientras sus iris azules parpadeaban al mirarlo.

Aquella no era una niña a punto de cumplir la mayoría de edad. Era una mujer con la suficiente madurez para mirarlo directamente a los ojos sin pestañear.

Aquella no era Trina Stamos.

–¿Quién diablos eres tú?

Se escucharon exclamaciones de asombro entre la gente.

La mujer alzó una mano para quitarle a Mikolas el velo de entre los dedos paralizados.

Detrás de ella, Grigor se puso de pie de un salto y soltó una palabrota.

–¿Qué diablos haces tú aquí? ¿Dónde está Trina?

Sí, ¿dónde estaba su prometida? Sin la mujer correcta que pronunciara los votos y firmara con su nombre aquel matrimonio y la fusión quedaban paralizados. No.

Como si anticipara la reacción de Grigor, la novia se colocó detrás de Mikolas y lo utilizó como escudo mientras el otro hombre avanzaba hacia ellos.

–¡Maldita zorra! –siseó Grigor.

El padre de Trina no estaba sorprendido por el cambio, sino más bien furioso. Estaba claro que conocía a la mujer.

–¿Dónde está? –preguntó Grigor con una vena hinchada bajo la frente.

Mikolas puso una mano para evitar que el hombre agarrara a la mujer que él tenía a su espalda. Quería que ella le diera una explicación antes de que Grigor diera rienda suelta a su furia.

O tal vez no.

Se escucharon otros gemidos de sorpresa entre la gente, marcados por el repiqueteo de la puerta de incendios y el sonido de la alarma.

Su prometida se había escapado por la puerta de emergencia.

Capítulo 2

VIVEKA corría todos los días. Estaba en forma y la adrenalina le saltaba en las arterias, dándole la habilidad de moverse rápidamente y de manera ligera mientras huía de la furia de Grigor.

El vestido, los tacones, los espacios entre las plataformas y el muelle flotante ya eran otra historia. Maldición.

Llegó a la rampa oscilante de una pieza gracias a los barandales que había a ambos lados, pero luego echó a correr por la inestable plataforma que había entre las rampas de las embarcaciones en busca de la bandera de su barco y... se le enganchó la cola del vestido. Ni siquiera pudo ver con qué. Cayó hacia atrás y perdió completamente pie.

Giró el tobillo, se tambaleó, trató de recuperarse, se le enganchó el pie en una cuerda recogida y trató de agarrarse al barandal del yate que tenía al lado.

Pero no lo consiguió y cayó a un lado del barco con el hombro. El intento fue fallido, cayó por la borda y hubiera pegado un grito, pero tuvo la buena idea de aspirar con fuerza el aire antes de caer.

El agua salada, fría y turbia se cerró sobre ella.

«No entres en pánico», se dijo estirando las piernas. Pero se enredó todavía más con el vestido y el velo.

«Mamá». Aquello fue lo que debió sentir aquella noche lejos de la orilla al encontrarse de pronto bajo el agua fría y revuelta, enredada en un vestido de noche.

«No entres en pánico».

A Viveka le ardían los ojos cuando trató de apartar el velo lo suficiente como para ver dónde iban las burbujas. El vestido flotaba a su alrededor oscureciéndole la visión, cada vez más pesado. El frío del agua le atravesó la piel. El peso del vestido tiraba de ella hacia abajo.

Empezó a patear, pero las capas del vestido se interponían en su camino. Los tacones de aguja se le clavaron en la tela. Era un esfuerzo inútil. Se iba a ahogar a escasos metros de la orilla.

La necesidad de aire se había convertido en insoportable.

Entonces una mano la agarró del antebrazo y tiró de ella. Viveka dejó escapar el escaso aire que le quedaba y trató de no inhalar. Cuando atravesó el manchón de luz que quedaba arriba jadeó y se llenó los pulmones de aire, echándose para atrás el velo para ver a su rescatador. Mikolas.

Tenía un aspecto terrorífico. A Viveka le dio un vuelco al corazón.

Mikolas tiró de ella para arrastrarla a la rampa que había en la popa de un yate y le puso las manos en ella para que se agarrara. Viveka obedeció como si le fuera la vida en ella. Le ardían los pulmones. Tenía un nudo formado en el estómago por el shock de lo ocurrido. Trató de recuperar el aliento para aclararse los pensamientos.

La gente había empezado a arremolinarse alrededor del muelle para intentar ver entre los barcos. Viveka sentía que el vestido estaba hecho de plomo. Consiguió quitarse el velo del pelo y lo dejó flotando sin atreverse a mirar a Grigor. Había visto de reojo sus robustas piernas y con eso le bastaba. El corazón le latía con fuerza.

–¿Qué diablos está pasando aquí? –inquirió Mikolas con tono autoritario–. ¿Dónde está Trina? ¿Quién eres tú?

–Soy su hermana –Viveka tragó agua cuando una ola bañó el barco al que estaban agarrados–. Ella no quería casarse contigo.

–Entonces no debió aceptar la proposición –Mikolas se incorporó para sentarse en la plataforma.

Claro, como si fuera tan fácil.

Mikolas resultaba difícil de mirar con aquella expresión letal. ¿Cómo se las arreglaba para parecer un actor de cine de acción con la camisa blanca pegada a los musculosos hombros, sin abrigo ni corbata y con el pelo aplastado a la cabeza? Era como mirar directamente al sol.

Mikolas se levantó y la agarró de los antebrazos para sacarla del agua. Soltó una palabrota cuando la dejó en el suelo a su lado. Ella se tambaleó y trató de mantener el equilibrio entre el movimiento del barco.

Mikolas le había salvado la vida. Tragó saliva y trató de asimilar aquella desconcertante sensación de gratitud. Había construido un fuerte escudo que la protegía de las faltas de respeto, pero no sabía cómo lidiar con la amabilidad. Estaba conmovida.

La voz de Grigor la devolvió a la realidad. Tenía que escapara de allí. Tiró del corpiño y abrió los delicados botones de la espalda para intentar quitarse la tela por las caderas. Solo llevaba sujetador y braguitas de encaje blanco debajo, lo que suponía básicamente un bikini. Suficiente para nadar hasta su embarcación de huida.

Para su sorpresa, Mikolas la ayudó a quitarse el vestido y luego a meterse otra vez en el agua. Pero no le dio oportunidad de pasar por delante de él. Le puso las anchas manos en la cintura.

Grigor.
—¡Nooooo! —gritó ella.

Aquella ridícula mujer estuvo a punto de darle una
patada en la cara cuando la sacó de la plataforma para
subirla a la cubierta del yate. Grigor estaba allí arriba
esperándola. ¿Qué creía, que la iba a lanzar al mar?
—Nooooo —gritó de nuevo. Y se revolvió. Pero Grigor la llevó hasta donde él estaba.
Mikolas subió la escalerilla con el ímpetu de un
hombre al mando. Odiaba las sorpresas.
Al menos aquello no había sido cosa de Grigor. A él
también le habían engañado, en caso contrario no estaría tan furioso. Mikolas estaba tratando de ordenar sus
pensamientos cuando vio a Grigor sacudiendo a la mujer casi desnuda como si fuera un perro agitando una
rata en la boca. Luego le pegó una bofetada en la cara
que la tiró al suelo.
Mikolas no era ajeno a la violencia, y seguía tomán-
dosela como algo personal. Le afectaba a un nivel tan
profundo que le llevaba a reaccionar con un instinto
ciego. Agarró a Grigor del brazo y lo apartó de la mujer. Vio por el rabillo del ojo como ella se dirigía al
barandal. Diablos, no. No permitiría que se le arruinara
el día y luego se escapara como una sirena en las pro-
fundidades.
—¡Suéltame! —gritó la desconocida cuando la sujetó
contra su pecho.
Resultaba bastante más ligera sin el vestido cuando
la arrastró fuera del yate.
La gente que estaba en el muelle se apartó como una
bandada de ocas, algunos iban vestidos de boda y otros
eran turistas y marineros.
Había unos cien metros hasta el barco de Mikolas, y

sintió cada paso gracias a los tacones afilados que la mujer le estaba clavando.

–Cálmate. Me he cansado de ser la atracción de la feria. Vas a decirme dónde está mi novia y por qué se ha ido.

Capítulo 3

VIVEKA estaba temblando hasta los huesos. Grigor la había pegado delante de todo el mundo. Tal y como estaba posicionado el barco seguramente solo Mikolas lo había visto, pero estaba pensando en llamar a la policía. Esta vez no podrían ignorar la denuncia con tantos testigos.

Aunque en realidad sí podrían. Nunca se tomaron en serio la denuncia de agresión que puso y su petición para que se investigara adecuadamente la muerte de su madre. Los agentes de aquella isla pagaban peaje a Grigor y no querían complicarse la vida. Viveka aprendió aquella amarga lección años atrás.

¡Y este bruto no la soltaba, así que no podía hacer nada!

Era muy fuerte, la había llevado en unos brazos tan fuertes que le parecían de acero. Y tenía una expresión de furia controlada que la intimidaba.

—Suéltame —repitió con tono más equilibrado.

Mikolas se limitó a dar órdenes pidiendo hielo a un hombre uniformado mientras la llevaba por una estrecha rampa de desembarco y la subía a un enorme yate aerodinámico. Tenía las paredes blancas y las cubiertas de teca, y por su tamaño y la decoración parecía más bien un crucero de lujo que una embarcación personal.

«La mafia griega», pensó revolviéndose con más fuerza.

Mikolas se dirigió a lo que parecía ser la cabina

principal. Viveka solo tuvo tiempo de recibir un atisbo de su grandiosa decoración antes de que se la llevara a un lujoso baño en una suite y abriera la ducha.

—Entra en calor —le ordenó señalando una bata de seda negra que había colgada detrás de la puerta—. Luego te pondré hielo en la cara mientras te explicas.

Y dicho aquello se marchó.

Viveka resopló. Se cruzó de brazos para controlar los escalofríos y miró por la estrecha claraboya hacia la expansión de agua que había más allá del puerto. Empezó a caer en la cuenta de lo que había pasado. Había estado a punto de ahogarse. Grigor la había pegado. Y sería todavía peor si volvía a ponerle las manos encima. ¿Habría subido a bordo detrás de ellos?

Se sentía tan abrumada que quería llorar. Pero no lo haría.

Se recordó que Trina estaba a salvo. Ya no tendría que volver a preocuparse nunca más de su hermana pequeña. Al menos no del mismo modo.

La humeante ducha resultaba tremendamente invitadora.

«No llores», se dijo. La ducha era el lugar en el que dejaba que las emociones se apoderaran de ella, pero no podía permitirse bajar la guardia. Tal vez tuviera que volver a enfrentarse a Grigor. Se congeló por dentro solo de pensarlo.

Tendría que recomponerse para eso, así que cerró la cortina que cubría la claraboya antes de quitarse las hebillas de los zapatos. Entró en la ducha vestida todavía con sujetador y braguitas y luego se las quitó para enjuagarlas. Dejó escapar una risa débil al verse la tarjeta de crédito pegada al pecho.

La risa fue seguida al instante por una punzada de preocupación. Su equipaje, el pasaporte, el móvil y el bolso estaban en el barco que había contratado. ¿Estaría el capitán dando una vuelta corta por el muelle, o preguntándose si se habría ahogado? Agarrar la tarjeta de crédito y guardársela en el sujetador había sido un recurso de último minuto para no verse sin nada en caso de que las cosas salieran terriblemente mal. Aunque nunca imaginó que fueran a ir *tan* mal.

Se dijo para tranquilizarse que el capitán la estaría esperando. Le daría una explicación rápida y amable a Mikolas y se marcharía. Parecía un hombre razonable.

Contuvo otra carcajada, esta vez histérica.

Luego volvió a experimentar otra oleada de aquella extraña indefensión. ¿Por qué la había salvado Mikolas? La había hecho sentir... no sabía cómo explicarlo. Nunca había confiado en nadie, nunca había podido hacerlo. Su madre la quería, pero murió. Trina también la quería, pero era demasiado joven y miedosa para enfrentarse a Grigor. La tía Hildy la había ayudado, pero a cambio de contrapartidas.

Mikolas era un desconocido que había arriesgado su vida para salvar la suya. Viveka no lo entendía. Le producía la sensación de estar en deuda con él. Y odiaba sentirse así. Tenía un plan perfecto para dejar a Hildy instalada, llevarse a Trina a Londres cuando cumpliera dieciocho años y empezar a vivir por fin la vida a su manera. Entonces Grigor lo estropeó todo prometiendo a Trina a este... delincuente. Un delincuente que se mostró dispuesto a rescatar a una mujer del mar, algo que su padrastro no se había molestado en hacer por su madre.

Viveka seguía temblando mientras se secaba con aquella gruesa toalla negra que tenía una letra «M» grabada en plata. Echó un vistazo en el botiquín, se puso un poco de crema masculina sin aroma, se lavó la boca con su enjuague y luego se desenredó el pelo con un peine que olía a su champú. Utilizó el secador de

Mikolas para secarse la ropa interior y volvió a ponérsela bajo la bata.

Le gustaba sentir la bata, ligera y fresca contra su piel húmeda.

Se sentía como su amante al llevar algo tan íntimo suyo.

La idea hizo que se sonrojara y una extraña melancolía se apoderó de ella cuando se quitó los anillos, el diamante que le había dado Trina y la alianza de platino que el propio Mikolas le había deslizado en el dedo. No era la clase de hombre con el que querría casarse nunca. Era demasiado abrumador y ella necesitaba su independencia, aunque en el fondo anhelaba poder compartir la vida con alguien. Alguien amable y tierno que la hiciera reír y tal vez le llevara flores de vez en cuando.

Alguien que quisiera tenerla en su vida.

No quería ponerse sensiblera ante el hecho de que su hermana se hubiera fugado con Stephanos y lo hubiera escogido por encima de ella, dejándola con el dolor de otro rechazo. Su hermana tenía derecho a enamorarse. Dio un último suspiro y salió al camarote.

Mikolas estaba allí vestido solo con unos pantalones cortos de deporte negros. Su silueta era como una estatua oscura y masculina recortada contra las negras cortinas corridas.

El resto de la habitación resultaba sorprendentemente amplia para un barco. Había una zona de estar con un enorme sofá de aspecto cómodo que daba a una gran pantalla de televisión. Un despacho de cristal tipo pecera permitía una vista ahumada de la cubierta privada. Viveka apartó la vista de la enorme cama cubierta con una colcha de seda negra y se giró hacia el hombre que la observaba con expresión indescifrable.

Sostenía en la mano una copa, algo claro y transparente. Pensó que se trataba de ouzo. Mikolas le miró la marca roja de la mejilla antes de cruzar la estancia descalzo y colocarse a su lado. Todavía tenía una expresión furiosa, pero había algo más que la dejó sin respiración. Una especie de observación masculina que indicaba que la estaba valorando como potencial compañera sexual.

Ella hizo lo mismo de manera involuntaria. ¿Cómo podía ser de otra manera? Era realmente atractivo. Tenía un cuerpo formidable con aquellos hombros anchos y desnudos, el torso musculoso, los abdominales marcados y las piernas de estrella del fútbol.

Viveka no era una mujer que babeara con los hombres. Se consideraba a sí misma feminista y pensaba que si era de mal gusto que los hombres tuvieran colgados calendarios con chicas, entonces las mujeres tampoco deberían considerar a los hombres como objetos. Pero Mikolas era impresionante. Musculoso sin excesos. Tenía la piel bronceada de un tono marrón cálido.

Sintió la urgencia de acariciarle. El deseo sexual no era algo que solía surgirle de la nada, pero notó que se iba calentando por algo más que por la vergüenza. Se preguntó cómo sería recorrer aquel torso con la boca, recorrerle los pezones con la lengua y lamerle la piel. Sintió la urgencia de colocar las manos en su musculosa cintura y explorar más abajo.

¿Se estaba poniendo Mikolas duro? La parte delantera de sus pantalones se abultó.

Viveka se dio cuenta de que tenía la vista clavada ahí y apartó la mirada para dirigirla a sus ojos, sorprendida ante su reacción.

Mikolas tenía una expresión arrebatada pero al mismo tiempo considerada. Contuvo el aliento. Sí, aquello era una invitación. Un arrogante «sírvete tú misma». Y también había algo de depredador. Algo apenas contenido. Decisión. Deseo carnal.

El ambiente se cargó tanto sexualmente que le costó trabajo respirar. El ritmo de sus respiraciones cambió, jadeaban ligeramente. Viveka tenía los pezones estimulados por el roce de la bata contra el encaje del sujetador. Se volvió cautelosa y al mismo tiempo receptiva.

Aquello era una locura. Sacudió la cabeza como si así pudiera borrar toda la tensión sexual. Haciendo un monumental esfuerzo, apartó la mirada de la suya y se quedó mirando el haz de luz que había entre las cortinas. Se cruzó de brazos en gesto de autoprotección y mantuvo a Mikolas en la periferia.

Había sido una estupidez permitir que la llevara a su dormitorio. Una mujer sola que vivía en la ciudad sabía que debía tener más cuidado.

–Usa el hielo –le pidió Mikolas señalando con la cabeza una bolsa de hielo colocada sobre una toalla encima de la mesa.

–No es para tanto –afirmó ella.

Las había tenido peores. Tal vez se le hinchara un poco el labio, pero eso no era nada comparado con la ocasión en que iba por ahí con el ojo negro, incapaz apenas de abrirlo. Le contó a la gente abiertamente que Grigor la había pegado. «No deberías ser tan contestona», le dijo su profesora apretando los labios y apartando la mirada de la suya.

Y Grigor no debería haberla llamado zorra ni tendría que haber quemado todas las fotos de su madre. Pero nadie quiso escucharla.

Mikolas no dijo nada, solo se acercó a ella, dejó el vaso que tenía en la mano, sacó el móvil y le hizo una foto.

–¿Qué haces? –preguntó Viveka sorprendida y molesta.

–Documentar. Seguro que Grigor dirá que te hiciste daño al caer al agua –afirmó él con frialdad.

–¿No quieres que intente desacreditar a tu socio? ¿Es eso lo que estás diciendo? ¿Vas a tomar también una foto cuando me dejes tu propia marca en el otro lado de la cara? –desafiarle así era una maniobra peligrosa, pero estaba harta de que la gente protegiera a Grigor. Y necesitaba saber cuáles eran las intenciones de Mikolas.

Él la miró con los ojos entornados.

–Yo no pego a las mujeres –aseguró apretando los labios–. Y Grigor acaba de desacreditarse –agitó el móvil para indicar la foto–. Lo que puede resultar útil.

Viveka se puso tensa al darse cuenta de la sangre fría que tenía.

–No sabía que Grigor tuviera otra hija –Mikolas le dio otro sorbo a su copa–. ¿Quieres una? –preguntó señalando el minibar que había al lado de la televisión.

Viveka negó con la cabeza. Era preferible que mantuviera la claridad mental.

–Grigor no es mi padre –siempre le había gustado pronunciar aquella frase–. Mi madre se casó con él cuando yo tenía cuatro años. Murió cuando yo tenía nueve. Grigor no habla de ella.

Ni del accidente de barco. El corazón se le encogió al tratar de agarrarse a los recuerdos de su madre y sintió de nuevo la furia por la falta de una explicación satisfactoria. Quería sacarle la verdad a golpes a Grigor si hacía falta.

–¿Cómo te llamas? –le preguntó Mikolas.

–Viveka –no pudo evitar sonreír al darse cuenta de que habían llegado hasta allí sin que supiera su nombre. Estaba prácticamente desnuda, llevaba una bata que había rozado la piel de Mikolas y estaba rodeada por el aroma de su loción para después del afeitado.

–Viveka –repitió él como si quisiera escuchar cómo sonaba.

Ella se humedeció los labios, asombrada por lo mucho que le había gustado cómo lo dijo.

–¿Por qué el melodrama, Viveka? Le pregunté a tu hermana si estaba de acuerdo con este matrimonio. Me dijo que sí.

–¿Crees que se arriesgaría a decir que no a algo propuesto por Grigor? –se señaló el golpe de la cara.

Mikolas adquirió una expresión circunspecta mientras bajaba la vista a la copa y recorría el borde con el pulgar. Era la única indicación de que bullían pensamientos inquietos bajo la fachada exterior de piedra.

–Si quiere más tiempo... –empezó a decir.

–Se va a casar con otra persona –le atajó Viveka–. Lo está haciendo en este momento, si todo ha salido según el plan. Conoció a Stephanos en el colegio, trabajaba como paisajista en la hacienda de Grigor. Cuando Stephanos supo que se iba a casar con otro hombre le pidió que se fugaran. Ha conseguido un trabajo fuera de Atenas –donde no podría llegar el hacha de Grigor.

–¿Quitando malas hierbas de los parterres? –Mikolas agitó su bebida–. Podría haberse quedado con él después de nuestra boda, si eso era lo que quería. Este matrimonio es una operación empresarial abierta a la negociación. Podría haberle dado hijos si quería o divorciarme de ella a la larga si lo prefería. Debería haber hablado conmigo.

–Porque eres un hombre muy razonable... que trata a las mujeres como ganado.

–Soy un hombre que consigue lo que quiere –afirmó Mikolas con tono suave pero rotundo–. Quiero esta fusión.

–Te deseo mucho éxito haciendo tus sueños realidad. ¿Te importa si me llevo esta bata a mi barco? Puedo devolvértela cuando me haya vestido, o tal vez podría venir conmigo alguien de tu personal.

La expresión de Mikolas no cambió. No dijo nada, pero Viveka tuvo la impresión de que se estaba riendo de ella.

Algo la hizo mirar más allá de la proa. El puerto estaba enclavado en un pequeño margen de la costa de la isla. Pero los barcos no pasaban por delante de este yate. Circulaban por ambos lados. El brillo de luz solar en el agua había cambiado.

El yate se estaba moviendo.

Capítulo 4

MIKOLAS se bebió lo que le quedaba de ouzo, apretó los dientes para defenderse de la quemazón y dejó a un lado la copa con un golpe seco. Buscó el vacío que normalmente sentía, pero no lo encontró. Estaba inmerso en una neblina de deseo lascivo tras el modo en que Viveka se le había quedado mirando la entrepierna, tragando saliva como si se le hiciera la boca agua.

Se pasó la mano por el pecho con gesto ausente. Tenía los pezones tan afilados que le dolían, y se ajustó los pantalones para disimular la erección.

La reacción que había tenido ante ella era algo sin precedentes. Era un hombre experimentado, tenía un sano apetito por el sexo, pero nunca había reaccionado de un modo tan inmediato e irreprimible con ninguna mujer.

Aquella falta de dominio de sí mismo le inquietaba. Le enfurecía. Le parecía un insulto haber sido rechazado por un jardinero y no tenía claro cuál debía ser su siguiente movimiento. La retirada nunca había sido una opción para él, pero había dejado la isla para reagruparse. Aquello olía a cobardía y culpaba de aquella mujer de todo.

Y ella seguía allí agarrada a las solapas de la bata, actuando de un modo virginal cuando sin duda era tan experimentada y astuta como todas las oportunistas que había conocido.

–Vamos a negociar las condiciones, Viveka –desde
el momento que ella reconoció que era la hermana de
Trina, Mikolas había visto el modo más lógico de recuperar el trato.

Por supuesto, se trataba de una trampa peligrosa. No
estaba seguro de querer tener tan cerca a una mujer tan
tentadora como ella, pero se negaba a pensar que no
podía manejarla.

Viveka se limitó a dirigirle una mirada despectiva y
luego se giró hacia la puerta.

No se molestó en detenerla. La siguió a paso lacó-
nico mientras ella se dirigía a la cubierta media. Tenía
una mano apoyada en la barandilla y con la otra se cubría los ojos del sol para escudriñar el horizonte vacío.
Luego se dirigió a toda prisa al lado del puerto, miró
hacia la isla, que habían dejado ya muy atrás, y se giró
hacia Mikolas con expresión de agobio.

–¿Está Grigor a bordo?

–¿Por qué iba a estar?

–¡No lo sé! –se le relajaron un poco los hombros
pero seguía teniendo la expresión ansiosa–. ¿Por qué
has zarpado de la isla?

–¿Por qué iba a quedarme?

–¿Por qué me has llevado contigo? –exclamó ella.

–Quiero saber por qué has ocupado el lugar de tu
hermana.

–¡Para eso no tenías que hacerte a la mar!

–¿Preferirías que Grigor estuviera presente? No parecía muy contento –Grigor tampoco esperaba que zar-
paran. El teléfono de Mikolas tenía varias llamadas
perdidas de su futuro socio.

Aquella era otra de las razones por las que Mikolas
había zarpado. Si se quedaba podría haberse lanzado
sobre Grigor. La urgencia de hacerlo le había resultado

muy poderosa, pero no cesaba de decirse que no se debía al deseo de proteger a aquella mujer. Su naturaleza estaba en contra de los brutos y los acosadores. Su código personal de ética no le permitía quedarse mirando mientras un hombre pegaba a una mujer.

Pero el ataque de Grigor a esta mujer en particular había disparado algo oscuro y primario en él, algo que no quería examinar demasiado detenidamente.

—Tenía un barco contratado con todas mis cosas dentro —Viveka señaló hacia la isla—. ¡Llévame de regreso!

Aquella chiquilla era una osada. Ya era hora de hacerle saber quién mandaba allí.

—Grigor me prometió la fusión si me casaba con su hija —la miró fijamente durante un instante—. Su hijastra también me sirve.

Viveka echó la cabeza hacia atrás.

—¡Ja! —exclamó quitándose la bata y dejándola caer en la cubierta—. No. Adiós.

Algo le brilló en la mano cuando empezó a subir por la escalera agarrada al pasamanos.

Tenía los huesos finos y era de complexión elástica, resulta fácil agarrarla. Tal vez Mikolas disfrutó más de lo que debía al tener otra razón para tocarla. Tenía la piel suave y cálida y las muñecas delicadas cuando la sujetó con delicadeza, atrapándola entre el pasamanos y su cuerpo.

Ella miró hacia atrás y murmuró entre dientes cuando algo cayó al agua con un reflejo de luz.

—Oh, tú... esa era mi tarjeta de crédito... muchas gracias.

—Viveka —Mikolas se sentía estimulado por la sensación de su abdomen desnudo contra su entrepierna. La erección no había retrocedido demasiado, y ahora había regresado con más vigor.

Se fijó en que olía a su champú, pero también había

un aroma subyacente e intrigante que era completamente suyo: a té verde y a lluvia inglesa. Y aquel olor embriagador se le clavó directamente en el cerebro, nublando cualquier pensamiento que no fuera estar dentro de ella.

Las mujeres solían ser más sutiles que los hombres en sus respuestas, pero Mikolas leyó la suya tan claramente como si fuera un cartel. No fueron solo las señales obvias, como el modo en que se le levantaron los pezones contra la copa del sujetador. A Viveka se le sonrojaron las mejillas y se humedeció los labios. Mikolas podía casi sentir cómo le circulaba la sangre por las venas como miel caliente. Supo instintivamente que si abría la boca sobre su cuerpo la haría estremecerse y rendirse. Su excitación alimentaría la suya y los llevaría a ambos a una nueva dimensión.

¿De dónde había surgido aquella ridícula idea? No era un poeta cursi. Trató de quitarse la idea de la cabeza, pero no consiguió liberarse de la certeza de que el sexo con ella sería el mejor que había conocido. Estaban prácticamente en llamas por aquel pequeño roce. A Mikolas le latía el corazón con fuerza dentro del pecho, sentía el cuerpo magnetizado por el de Viveka.

—Esto es secuestro. Y agresión —afirmó ella moviendo un poco las manos para librarse de su agarre—. Creí que tú no hacías daño a las mujeres.

—Y tampoco dejo que se hagan daño ellas mismas. Si saltas al agua desde aquí te matarás. Deja de comportarte como una niña mimada —le recriminó.

Ella le dirigió una mirada de agravio, como si le hubiera dicho el peor insulto posible.

—¿Y qué te parece si tú dejas de actuar como si el mundo te perteneciera?

—Este es mi mundo. Tú has entrado en él. No te quejes de cómo lo manejo.

–Estoy intentando salir de él.

–Yo te lo permitiré –Mikolas sintió una punzada en el estómago, como si estuviera diciendo una mentira. Y muy gorda–. Después de que arregles el daño que has causado.

–¿Y cómo sugieres que lo haga?

–Casándote conmigo en lugar de tu hermana.

Viveka contuvo una risa y trató de revolverse. Lo único que consiguió fue apretarse más contra él. Entonces se quedó muy quieta. Se le habían sonrojado los pómulos.

Mikolas sonrió, le gustaba lo que había hecho. El movimiento le había abierto las piernas y ahora tenía su sexo apoyado contra su erección. Mikolas se movió un poco y observó cómo un delicado escalofrío recorría el cuerpo de Viveka.

Aquello resultaba completamente fascinante. Lo único que podía hacer era quedarse mirando su boca entreabierta y temblorosa. Deseaba cubrirla y hacerla suya. Recorrerle con la lengua cada centímetro. Quería tirar de la goma de sus pantalones cortos, apartar a un lado el virginal encaje blanco y hundirse en el calor que le estaba consumiendo. Esperaba pasar aquella semana frustrado. Ahora empezaba a perdonarla por el cambio. Les iría muy bien juntos. Muy bien.

–Volvamos a mi camarote –la voz le salió de lo más profundo del pecho, cargada de deseo.

Los ojos de Viveka brillaron de miedo antes de murmurar:

–¿Para consumar un matrimonio que no se celebrará? Ya has visto la reacción de Grigor contra mí. Nunca me permitirá sustituir a Trina. Si hay algo que le llevaría a negarse a la fusión, eso sería que te casaras conmigo.

Mikolas aflojó un poco el agarre y dio un paso atrás, deslizando los dedos por las costuras de sus caderas.

Viveka sintió escalofríos por todo el cuerpo, pero los ignoró. Confiaba en que sus braguitas no mostraran la humedad que se había desencadenado al sentir a Mikolas pegado a ella.

¿Qué le estaba pasando? Si ni siquiera tenía relaciones sexuales. Solo se besaba y se dejaba acariciar.

Se agachó para recoger la bata y se la ató molesta.

–¿Estás diciendo que si quiero que Grigor siga adelante con la fusión debería devolverte a él? –preguntó Mikolas.

–¿Qué? ¡No! –el terror hizo que le temblaran las rodillas–. ¿Por qué ibas a querer hacer algo así?

–La fusión es importante para mí.

–Mi vida es importante para mí –los ojos se le llenaron de lágrimas y tuvo que parpadear para poder verle. Tenía la sensación de que le temblaban los labios. ¿Dónde estaba el hombre que la había rescatado? En aquel momento Mikolas le parecía tan cruel como Grigor.

–Ve abajo –le ordenó entonces él–. Voy a hacer algunas llamadas.

Viveka obedeció porque necesitaba apartarse de él, lamerse las heridas y recuperarse. Un auxiliar de cabina la llevó a un espacioso camarote con salón, baño completo y una cama grande con muchas almohadas verdes y doradas. La habitación estaba provista de cosméticos, fruta fresca, champán y flores.

Tenía el estómago demasiado revuelto para pensar siquiera en comer, pero consideró la posibilidad de beber para olvidar. Pero cuando vio la estación de carga del ordenador portátil empezó a buscar un dispositivo para conectarse con... ¿quién? La tía Hildy no era una opción. Sus compañeros de trabajo podrían cubrirla un rato si tenía que ir a casa por algo, pero nada más.

De todas formas, daba igual. Allí no había nada. El teléfono conectaba con la cocina del puente. La televisión formaba parte de una red de a bordo que podía controlarse con una tableta. Pero no había ninguna a la vista.

Al menos encontró ropa. Y de mujer, observó con un resoplido cínico. Mikolas debía tener pensado continuar con sus aventuras amorosas una vez casado.

Pero todo era de la talla de Viveka, y se dio cuenta de que aquello era el ajuar de Trina. Era la suite de su hermana.

¿Mikolas no esperaba compartir habitación con su hermana? No sabía si lo convertía en un hombre más duro de lo que pensaba o menos.

Los hombres nunca dominaban sus pensamientos de aquel modo. Aquella obsesión por Mikolas era una sensación horrible, como si fuera alguien importante para él cuando en realidad no lo era.

Pero su vida dependía de él. Gracias a Dios que había evitado que Trina tuviera que casarse con él. Había hecho lo correcto al ocupar el lugar de su hermana. Agarró una falda de flores y una blusa sencilla porque eran ligeras en caso de tener que quitárselas si se veía en el agua. Viveka tuvo que admitir que era un alivio que Mikolas le hubiera impedido saltar. Prefería enfrentarse a los tiburones que a Grigor, pero no quería morir.

Abrió las cortinas que ocultaban dos pequeñas claraboyas colocadas una encima de la otra y escudriñó el horizonte en busca de un plan. Al menos aquello no era como la embarcación inestable que se estaba temiendo. Esta monstruosidad se movía más suavemente que el ferry. Tal vez incluso la llevara a Atenas.

Decidió que eso estaría bien. Le pediría a Mikolas que la dejara en tierra firme. Se encontraría con Trina, Stephanos se encargaría de que le devolvieran sus cosas y luego volvería a casa.

Se dio cuenta de que aquel par de ventanas eran una especie de extensión al ver la línea apenas disimulada entre la de arriba y la de abajo. La de arriba se alzaba en una especie de toldo mientras que la de abajo salía y se convertía en la barandilla de un pequeño balcón. Sin tener tiempo de pensarlo, puso el dedo en el botón que había al lado del diagrama.

La pared empezó a abrirse y sonó una estridente alarma, asustándola y haciéndola gritar.

La puerta interior se abrió de golpe.

Mikolas se había puesto pantalones de traje y una camisa blanca inmaculada. Tenía una expresión aterradora.

–¡Sólo quería ver lo que había hecho! –gritó ella alzando una mano.

Se estaba convirtiendo en un problema.

Mikolas se acercó para detener la extensión del balcón mientras notaba cómo se paraban los motores y el yate ralentizaba su marcha. Cuando la pared volvió a su lugar, descolgó el teléfono y dio instrucciones a la tripulación para mantenerse en rumbo.

Luego colgó, se cruzó de brazos y se dijo que aquella avalancha de pura excitación sexual cada vez que miraba a Viveka era algo transitorio. El producto de varias semanas de mucho trabajo en las que no había tenido tiempo para mujeres combinado con la frustración por los efectos de aquel día. Por supuesto, quería soltar presión al nivel más básico.

Pero es que Viveka le excitaba con solo estar delante

de él. Mikolas tenía que esforzarse por mantener sus pensamientos a raya y no dejarse llevar por la fantasía de quitarle aquel atuendo de campesina. El ancho escote por el que le asomaba el sujetador era una invitación, las pantorrillas desnudas bajo la falda suponían una promesa de más piel de seda.

Las uñas de los pies sin pintar parecían ridículamente inocentes. Igual que el resto de ella, con el pelo recogido como una adolescente y la cara limpia.

Algunas mujeres utilizaban el maquillaje como pinturas de guerra, otras como una invitación. Viveka no usaba nada. No había intentado cubrirse el golpe y alzaba aquella barbilla suya tan beligerante con una valentía absurda. No tenía ni idea de con quién estaba tratando.

Pero sintió una punzada en el pecho. Su temple le resultaba muy atractivo. Quería alimentar aquella chispa de energía y ver cómo denotaba en sus manos. Apostaba a que le gustaba arañar en la cama, y estaba deseando averiguarlo.

Las mujeres nunca habían supuesto una debilidad para él. Nadie lo era. Nada. La debilidad era algo aborrecible para él. La indefensión era un lugar que se negaba a visitar.

—Vamos a comer —señaló con la mano la puerta que seguía abierta.

Fuera había un miembro de la tripulación, y Mikolas le envió a avisar al chef. Luego acompañó a Viveka a la cubierta superior. Se sentaron en una mesa curva mirando ambos al mar. En aquel emplazamiento la brisa marina quedaba suavizada por el volumen del barco. Estaban a principios de primavera, así que el sol ya se estaba poniendo tras las nubes en el horizonte.

—¿Vas a querer marisco? —le preguntó Mikolas a Viveka cuando el camarero se hubo marchado tras servirles agua.

–¿Acaso puedo elegir? Tú siempre estás dándome órdenes.

Mikolas sintió una ráfaga de anticipación por la pelea.

–Ahórrate la saliva –le dijo–. Yo no me avergüenzo.

–Entonces, ¿cómo consigue alguien influir en ti? ¿Con dinero? –quiso saber ella–. Porque yo quiero ir a Atenas, no adonde sea que me estás llevando.

–Ya tengo dinero –le informó Mikolas.

Estiró los brazos, de modo que la mano izquierda, en la que ya no llevaba el anillo que Viveka le había puesto, se apoyó sobre su hombro. Había guardado el anillo en el bolsillo junto con los que se había quitado ella. Le sorprendió que los devolviera. Debía conocer su valor, ¿por qué no los utilizaba? No lo habría permitido, pero esperaba que una mujer en la posición de Viveka lo intentara al menos.

–Si alguien quiere influir en mí, tiene que ofrecerme algo que me interese.

–Y como yo no tengo nada que te interese... –a Viveka se le sonrojaron un poco las mejillas y miró hacia el mar.

Mikolas sintió el deseo de sonreír, pero la tirantez de su expresión se lo impidió. ¿Cómo podía no darse cuenta de que la deseaba? ¿No sentía ella la misma atracción que estaba experimentado él?

¿Cómo podía seguir socavando sus pensamientos de aquel modo?

Como oponente no tenía nada que hacer contra él. Una breve búsqueda había revelado que no tenía fortuna ni influencia. Trabajaba introduciendo datos informáticos en una cadena de recambios de coche. Tenía una red social de contactos pequeña, lo que sugería un círculo todavía menor de amigos reales.

El instinto de Mikolas cuando se sentía atacado era

machacar. Si Grigor hubiera sustituido a su novia a propósito ya estaría arruinado. Mikolas no perdía ante nadie, y menos ante adversarios débiles que no tenían presencia suficiente ni para aparecer en su radar.

Pero Viveka se había deslizado como una ninja y le había pillado por sorpresa. Y eso la convertía en su enemiga. Tenía que tratarla con el mismo desapego que trataría a cualquier otro rival.

Regresó el camarero para servir el vino y ambos bebieron. Cuando se quedaron solos de nuevo, Mikolas dijo:

–Tenías razón. Grigor quiere que vuelvas.

Viveka palideció todavía más.

–Y tú quieres la fusión.

–Es mi abuelo quien la quiere. Yo he prometido completarla para él.

Viveka se mordió el labio inferior con tanta fuerza que desapareció.

–¿Por qué? –preguntó–. ¿Por qué es tan importante esta fusión para él?

–¿Qué más da? –preguntó a su vez Mikolas.

–Bueno, ¿qué estás intentando conseguir realmente? Seguro que hay otras empresas que pueden darte lo que quieres. ¿Por qué tiene que ser la de Grigor?

Tal vez fuera impulsiva y una molestia, pero era perceptiva. No tenía que ser la empresa de Grigor. Mikolas era consciente de ello.

–Encontrar otra empresa adecuada llevaría un tiempo que no tenemos.

–¿Un hombre con tu riqueza no puede comprar todo lo que necesita? –preguntó Viveka parpadeando con asombro.

Era como una niña que insistía en agarrar la cola del tigre y metérsela en la boca. No era estúpida, pero sí ignorante del peligro que corría. No podía permitirse ser indulgente.

–Mi abuelo está enfermo. Tuve que llamarle para decirle que la fusión se iba a retrasar. Ha sido una desilusión que no necesitaba.

Viveka lo miró con recelo, pero al parecer entendió su expresión y se contuvo. Había captado el mensaje de que bajo su fachada civilizada se escondía un despiadado mercenario.

No es que le gustara asustarla. Normalmente trataba a las mujeres como si fueran flores delicadas. Tras haber dormido en callejones fríos que apestaban a orina, tras haber sido torturado a manos de hombres degenerados y sin piedad, había desarrollado un apetito insaciable por el lujo, la comodidad y el lado dulce de la vida. Le gustaban especialmente los gatitos que se dejaban acariciar y ronroneaban.

Pero si una mujer se atrevía a enfrentarse a él, se aseguraba de que comprendiera su error y no se le ocurriera volver a hacer algo semejante.

–Le debo mucho a mi abuelo –Mikolas miró a su alrededor–. Esto.

–Creí que era robado –dijo ella agitando la cabeza con altanería.

–No –contestó él con tono seco–. El dinero procedía de los beneficios del contrabando, pero el barco se compró de manera legal.

Viveka giró la cabeza para mirarlo.

Él se encogió de hombros, no iba a disculparse por sus orígenes.

–Durante décadas, mi abuelo y mi padre cuando estaba vivo se llevaban una parte de cualquier producto legal o ilegal que cruzara la frontera o el mar hasta mil millas de distancia.

Aquello captó la atención de Viveka. Ahora no se mostraba impertinente. Estaba en guardia. Preguntándose por qué le estaba contando aquello.

–Un hombre desesperado hace cosas desesperadas. Lo sé porque yo estaba desesperado cuando empecé a comerciar con el nombre de mi padre para sobrevivir en las calles de Atenas.

El camarero apareció para servirles la sopa fría. Mikolas tenía hambre, pero ninguno de los dos hizo amago de agarrar la cuchara.

–¿Por qué estabas en las calles?

–Mi madre murió. Un ataque al corazón, o eso me dijeron. Me enviaron a un orfanato. Lo odiaba –mirando en retrospectiva resultó ser un palacio, pero no pensó en ello–. Me escapé. Mi madre me había dicho el nombre de mi padre. Yo conocía su reputación. Mi madre me había hablado como si sus enemigos me fueran a perseguir, a darme caza y a utilizarme contra él y si me encontraban... creí que estaba intentando asustarme para que no me metiera en líos. Pero lo hice –confesó–. Los niños de doce años no se distinguen por su buen juicio.

Mikolas se pasó un dedo por la ceja en la que tenía una cicatriz apenas visible, pero todavía podía sentir la punta del cuchillo que se la había abierto. Había estado a punto de perder el ojo.

–Observé y aprendí de otras bandas callejeras y me quedé al lado de los ladrones porque no iban a la policía. Sobreviví porque era rápido y listo. Amenazar con la ira de mi padre funcionó bien en un principio, pero como no tenía ordenador ni televisión no me enteré de la noticia de que había sido apuñalado. Me pillaron en la mentira.

Viveka abrió mucho los ojos.

–¿Qué pasó?

–Tal y como me advirtió mi madre, los enemigos de mi padre mostraron un gran interés. Intentaron sacarme una información que yo no tenía.

–¿Qué quieres decir? –susurró ella con la mirada clavada en la suya–. ¿Te refieres a...?

–Tortura. Sí. Era sabido que mi padre había almacenado de todo, desde productos electrónicos a dinero y drogas. Pero si yo supiera dónde lo guardaba habría ido a buscarlos en lugar de tener que robar, ¿no? Les llevó mucho tiempo creerme –Mikolas fingió que aquel recuerdo no le producía escalofríos.

–Oh, Dios mío –Viveka se recostó hacia atrás, se llevó la mano a la boca y miró hacia la mano izquierda de Mikolas, que todavía estaba a su espalda.

Ah. Se había fijado en la uña.

Mikolas colocó la mano entre ambos, la flexionó y luego la extendió.

–Estas dos uñas –señaló como si el hecho de que se las hubieran arrancado no significara nada–. Varios huesos rotos, pero después de varias operaciones funciona bien. Soy zurdo, así que eso fue un inconveniente. Pero ahora me manejo bien con ambas manos, así que...

–¿Cómo conseguiste escapar? –murmuró ella con reticencia.

–No estaban logrando nada con el interrogatorio y se les ocurrió la idea de pedirle un rescate a mi abuelo. Pero él no sabía que tenía un nieto. Actuó muy lentamente. Estaba de luto. No le gustó que una panda de malnacidos intentara aprovecharse del nombre de su hijo. No tenía pruebas de mi relación con él. Mi madre era una de tantas para mi padre. Por eso ella le dejó.

Mikolas se encogió de hombros. La compañía femenina nunca había sido un problema para ningún Petrides. Eran guapos, poderosos y tenían dinero. Las mujeres se los rifaban.

–*Pappoús* pudo haber hecho muchas cosas, y una de ellas fue haber dejado que me mataran. Pidió pruebas de ADN antes de pagar el rescate. Cuando se demostró que era el bastardo de su hijo me convirtió en su heredero. De pronto me vi con una cama limpia y seca y comida de sobra –señaló con la cabeza el brebaje que tenían delante, una crema de marisco coronada con hierbas cortadas y langostinos.

–Tenía todo lo que quería. Una moto en verano, viajes de esquí en invierno. Ropa hecha a medida del color y el estilo que quisiera. Un yate. Caprichos. Cualquier cosa.

También recibió una educación variada supervisada por el asistente de finanzas de su abuelo. Su licencia como inversor y agente inmobiliario fueron compradas más que ganadas, pero a la larga consiguió las habilidades necesarias para beneficiarse de aquellas transacciones. A lo largo del camino desarrolló talento para gestionar a la gente, aprendió observando los métodos de su abuelo. Ahora tenían un equipo completamente cualificado y entrenado que se ocupaba de cada asunto. El método de retorcer el brazo, aunque fuera emocionalmente, era una táctica que ya no se usaba.

Pero en aquel momento le resultaba útil. Viveka necesitaba ver la foto grande.

Al igual que su abuelo, Mikolas necesitaba una prueba.

–A cambio de su generosidad, me he dedicado a asegurarme de que el imperio de mi abuelo opere desde el lado de la ley. Ya casi lo hemos conseguido. Esta fusión es el paso final. Me he comprometido a hacerlo realidad antes de que la salud le falle. Creo que puedes entender por qué le debo esto.

–¿Por qué estás siendo tan franco conmigo? –Viveka arrugó la frente–. ¿No tienes miedo de que lo cuente por ahí?

–No –gran parte de la historia estaba en Internet, aunque fuera en forma de leyendas y conjeturas. Aunque Mikolas había hecho muchas maniobras que parecían un lavado de dinero, nunca había cometido ningún delito real.

Pero esa no era la razón de su confianza.

Le mantuvo a Viveka la mirada y esperó. Finalmente ella entendió lo que le estaba diciendo. No le traicionaría, le telegrafió Mikolas. Nunca.

Viveka bajó las pestañas y la vio tragar saliva.

El miedo estaba empezando a apoderarse de ella. Se dijo a sí mismo que eso era bueno e ignoró la punzada de desprecio hacia sí mismo que sintió en el vientre. Él no era como los hombres que le habían torturado.

Pero tampoco era tan distinto. Lo supo cuando agarró la copa de vino con aire despreocupado y comentó:

–Creo que debo decírtelo. Grigor está buscando a tu hermana. Podrías salvarte diciéndole dónde encontrarla.

–¡No! –exclamó Viveka sin pensarlo con expresión angustiada–. Tal vez no la haya pegado nunca antes, pero eso no significa que no pudiera empezar ahora. Y esto –señaló hacia la mesa y el yate–, ha vivido con este boato toda su vida, pero lo habría cambiado todo por una palabra amable. Al menos yo tengo recuerdos de nuestra madre. Así que no. Prefiero volver yo al lado de Grigor que venderla a ella.

Habló con vehemencia valiente, pero se le llenaron los ojos de lágrimas. No era un farol. Era lealtad, y estaba dispuesta a pagar el precio que hiciera falta.

–Te creo –murmuró Mikolas–. Es posible que Grigor se mostrara violento. El modo en que respondió cuando le devolví la llamada... –se consideraba inmune a la rabia que echaba espuma por la boca. Sabía de primera mano lo depravado que podía llegar a ser un hombre, pero la sed de sangre que percibió en el tono de voz de Grigor le resultó perturbadora.

E instructivo. A Grigor no le preocupaba que su hija hubiera desaparecido. Estaba molesto porque se hubiera pospuesto la fusión. Se había tomado la participación de Viveka de un modo muy personal y estaba mostrando una gran impaciencia por completar la fusión.

Eso le hacía ver a Mikolas que se le había pasado algo al iniciar aquel camino con Grigor. No le resultaba sorprendente que Grigor se hubiera guardado un as en la manga. Mikolas le había escogido porque no se mostró reacio a asociarse con el apellido Petrides. Tal vez creyó que sacrificar su reputación implicaría ciertos beneficios.

Podría ser que Viveka le hubiera hecho un favor a Mikolas al darle aquella oportunidad para revisarlo todo antes de cerrar el trato. De hecho podría ganar más de lo que había perdido.

En cualquier caso, la determinación de Grigor para alcanzar un nuevo acuerdo y firmar rápidamente le devolvía todo el poder a Mikolas, y eso le hacía sentirse muy cómodo.

—Aunque la encuentre, ¿qué puede hacerle? —estaba murmurando Viveka retorciéndose las manos—. Ahora está casada con Stephanos. No puede hacerle nada. No, está a salvo —parecía querer tranquilizarse a sí misma.

—¿Y qué hay de ti? — Mikolas le sorprendió que no pensara en ella misma—. Me dio la impresión de que te localizaría por mucho que intentaras esconderte —era la pura verdad.

—¿Así que prefieres entregarme a él y ahorrarte el problema? ¿Y cerrar tu precioso trato con el diablo? —le espetó con resentimiento.

—Este acuerdo es importante para mí. Grigor sabe que *Pappoús* no se encuentra bien y que soy reacio a buscar otra opción. Quiere que te devuelva a él, cerrar el trato y así yo le daré a mi abuelo lo que quiere.

—Y lo que yo quiera no importa —Viveka estaba asustada, podía verlo, pero se negaba a que ese miedo se apoderara de ella. No podía por menos que admirarla.

–Tú tienes lo que querías –señaló él–. Tu hermana está a salvo de mis diabólicas garras.

–Bien –dijo Viveka. Pero le temblaron un poco los labios antes de apretaros. Una lágrima le resbaló por el rabillo del ojo.

Pobre gatito empecinado.

Pero la profundidad de su lealtad le gustó. Estaba pasando la prueba.

Extendió la mano para acariciarle el pelo, pero ella dio un respingo y lo miró con odio.

–¿Disfrutas aterrorizándome?

–Por favor –se burló él levantando la copa de vino para darle un sorbo–. Te estoy tratando como a una obra de arte. Grigor es un enemigo temible. Supongo que entiendes que no quiera enemistarme con él.

–¿Te empieza a remorder la conciencia? –le espetó Viveka–. ¿Te daría pena que me diera una paliza y luego me arrojara al agua? Pensé que tú no te avergonzabas de nada.

–Y no lo hago. Pero necesito que tengas muy claro que la acción que voy a tomar tiene un coste. Y tú tendrás que pagarlo. No te voy a dejar en Atenas, Viveka. Te vas a quedar conmigo.

Capítulo 5

A VIVEKA se le nubló la vista durante un instante. Pensó que iba a desmayarse, algo que no era propio de ella. Era una mujer dura, poco dada a los vahídos propios de una dama victoriana.

Había estado hiperventilando sutilmente durante todo el tiempo que Mikolas estuvo intentando colocarle la soga alrededor del cuello. Ahora, directamente, dejó de respirar.

¿Le había oído bien?

—Pero... —comenzó a argüir. Quería sacar el tema de la tía Hildy.

Mikolas sacudió la cabeza.

—No estamos negociando. Las acciones tienen consecuencias. Estas son las tuyas.

—¿Tú eres mi consecuencia? —preguntó Viveka con voz atragantada.

—Somos Grigor o yo. Ya te he dicho que no permitiré que te hagas daño a ti misma, así que sí. He escogido tu consecuencia. Deberías comer. Antes de que se caliente —concluyó con una ligereza que le resultó extraña en medio de aquella conversación tan intensa.

Mikolas agarró la cuchara, pero ella se limitó a quedarse mirándolo. Tenía los dedos como témpanos, agarrotados y congelados. Sentía todos los músculos atrofiados mientras el corazón le latía con fuerza.

—Tengo una vida en Londres —consiguió decir—. Cosas que hacer.

–Estoy seguro de que Grigor lo sabe y tiene hombres esperando. Piensa, Viveka. Piénsalo bien.

Lo estaba intentando. Llevaba todo aquel tiempo buscando alternativas.

–Entonces, ¿vas a abandonar la fusión? –odió que la voz le saliera poco convincente.

–En absoluto. Pero los términos han cambiado –Mikolas agitó la cuchara–. Si tu hermana fuera mi esposa Grigor habría tenido una influencia considerable sobre mí y nuestra asociación. Yo estaba dispuesto a dejar que controlara su parte durante cinco años y pagarla considerablemente por las molestias. Ahora la absorción será hostil, le dejaré fuera, tomaré el control de todo y le dejaré sin nada. Supongo que se enfadará todavía más contigo.

–¡Entonces no seas tan despiadado! ¿Por qué agraviarle todavía más?

La respuesta de Mikolas fue tomarle delicadamente la barbilla y acariciarle suavemente con el pulgar la comisura de la boca.

–Dejó una marca a mi amante. Necesita un castigo.

A Viveka se le detuvo el corazón.

–¡Amante!

–¿Creías que iba a quedarme contigo por la bondad de mi corazón?

A ella se le nubló de nuevo la visión.

–No voy a tener sexo contigo. No soy un objeto que puedas comprar con tus ganancias ilegales como si fuera un yate.

–No te he comprado –respondió Mikolas frunciendo el ceño–. Me he ganado tu lealtad del mismo modo que mi abuelo se ganó la mía, salvándote la vida. Me demostrarás tu gratitud siendo lo que yo necesite que seas.

–¡No pienso hacerlo! Si no he entendido mal, quieres vivir dentro de la legalidad. Pues que lo sepas, forzar a las mujeres a tener relaciones sexuales va contra la ley.

–El sexo será un plus de beneficio para ambos –Mikolas no se inmutó ante su sarcasmo–. No te forzaré, no habrá necesidad.

–Sigue soñando –afirmó ella.

Mikolas dejó la cuchara en el cuenco de sopa ahora vacío y se giró para mirarla. Tenía un brazo a la espalda de Viveka y el otro en la mesa, envolviéndola en un espacio de energía masculina.

Viveka podría haberse retirado hasta el fondo del banco, pero se mantuvo en su sitio y trató de mantenerle la mirada.

Mikolas deslizó la vista hacia su boca, provocando que a ella le temblaran las piernas.

–¿Tú no piensas en ello? ¿No fantaseas? –le preguntó él con tono algo burlón–. Vamos a verlo, ¿de acuerdo?

Le deslizó la mano hacia el cuello. La caricia de su pulgar en la nuca la puso nerviosa. Si hubiera sido algo forzado habría reaccionado con una bofetada, pero esto le resultaba incluso tierno. Confiaba en aquella mano. La había sacado a la superficie del agua dándole la vida.

Así que no se la apartó. No le dio una bofetada en la cara cuando se acercó más ni se retiró y dijo «no».

Se le metió en la cabeza que demostraría que no le afectaba.

Tal vez incluso quería saber cómo sería estar con él.

Fuera cual fuera el impulso que se había apoderado de ella, se quedó allí sentada y dejó que se acercara más, manteniendo los labios apretados y la mirada lo más despectiva que pudo.

Hasta que los labios de Mikolas tocaron los suyos.

Si hubiera esperado brutalidad se habría llevado una desilusión. Pero tampoco era algo suave.

Mantuvo el agarre firme en su cuello mientras se lanzaba sin vacilar, abriendo la boca sobre la suya con un beso ardiente que provocó una explosión dentro de ella. Viveka abrió los labios. Una deliciosa espiral de placer le invadió el vientre y más abajo al sentir el ataque de su lengua. Cerró los ojos para poder absorber completamente las sensaciones.

Sí había fantaseado. La intriga hizo que se entregara a aquel beso y gimió mientras disfrutaba de él, sintiendo cómo se le derretían los huesos y los músculos.

Mikolas la besó con más pasión, desmantelando al instante su intento de permanecer desapegada. Movió los labios con movimiento erótico, la textura suave y rugosa de sus labios era como seda aterciopelada. Todos los sentidos de Viveka cobraron vida al calor de su pecho, el aroma a almizcle de su piel, el sabor a sal de su lengua. Su piel se volvió tan sensible que le resultaba doloroso. Se sentía vulnerable por el deseo.

Deslizó la mano libre por el pecho de Mikolas y dejó escapar un gemido de rendición, ya no era solo aceptación. Quería participar. Explorar la textura de su lengua, tratar de competir con su acercamiento y devorarle con igual fervor.

Mikolas se retiró de pronto, perder sus besos fue una crueldad que la dejó colgando en el aire desnuda y expuesta. El pecho de Mikolas se movía con una respiración agitada que parecía triunfal.

–Ya ves que no es necesaria la fuerza –afirmó con satisfacción esbozando una sonrisa.

Viveka se dio cuenta bruscamente de que aquello era lo que le había pasado a su madre veinte años atrás. Grigor era guapo y viril y despertó las ilusiones de una viuda solitaria. Los primeros recuerdos de Viveka en su casa estaban relacionados con haberles pillado en medio de un achuchón. A medida que se fue haciendo mayor reconoció un anhelo similar en ella de buscar la atención masculina. Comprendió que el deseo había sido la herramienta principal que Grigor había usado para controlar a su esposa antes de dejarla embarazada con una segunda hija. Finalmente mostró su auténtica cara, la más fea, para mantenerla a raya.

El sexo era una fuerza peligrosa que podía empujar a una mujer por una rampa peligrosa y resbaladiza. Eso era lo que Viveka creía.

Y resultaba doblemente peligroso cuando el hombre en cuestión no estaba impactado por sus besos como ella. La indiferencia de Mikolas le dolía y le provocaba una soledad que le recordaba a los momentos de su vida que habían estado a punto de acabar con ella: la pérdida de su madre y la separación de su hermana para irse a vivir con una tía que tendría que haberla querido pero no la quería.

Apartó la vista para disimular su angustia.

El camarero apareció en aquel momento con el siguiente plato.

Mikolas ni siquiera levantó la vista cuando le preguntó:

—¿Cómo se llama el hombre que tiene tus cosas? Me gustaría recuperar tu pasaporte antes de que Grigor se dé cuenta de que lo tiene bajo sus propias narices.

Viveka tenía que hablarle de la tía Hildy, pero no le salió la voz.

Mikolas no dijo mucho más durante el resto de la comida, solo la exhortó a que comiera y cuando acabaron afirmó:

—Quiero ultimar los detalles de la absorción. Tienes libertad para moverte por todo el yate si no me demuestras que debo confinarte en tu habitación.

—¿De verdad crees que voy a permitir que me retengas como si fuera la concubina de un pirata?

–Ya que estoy a punto de abordar la flota de Grigor, no puedo negar ese nombre. Tú puedes llamarte a ti misma como quieras.

Viveka se quedó mirándole la espalda mientras él se marchaba.

La había dejado a su suerte, y algo debía estar mal en ella porque a pesar de odiar a Mikolas y a su exceso de autoconfianza, también se alegraba perversamente de que fuera a aplastar a Grigor.

Se dijo a sí misma que bajo ningún pretexto debería considerar a Mikolas su héroe. Tendría que haber sabido que pagaría un coste porque le salvara la vida. Recordó cómo Grigor solía llamarla «equipaje inútil». Y que Hildy siempre le decía que tenía que ganarse el sustento.

Ni siquiera había terminado de pagarle a su tía lo que le debía.

Odiaba que la gente la considerara una molestia. Esa era la razón por la que estaba deseando dejar a Hildy y buscarse la vida sola. Así podría demostrarle por fin al mundo que no era ninguna carga.

Sintió una punzada de autocompasión. La evitó acercándose al lugar llamado adecuadamente «Infierno». La cubierta superior estaba oscura y fría, había empezado a llover y se había levantado viento.

La piscina caliente resultaba atractiva, bullendo y brillando gracias a las luces de colores que había bajo el agua. Cuando apareció un miembro de la tripulación con toallas y un albornoz, invitándola a usar el vestuario adyacente, Viveka se sintió tentada, pero le dijo que solo estaba echando un vistazo.

El tripulante procedió entonces a ofrecerle una visita guiada por el resto del barco. Era gigantesco. En la cubierta superior estaban el puente, un bar exterior y una sala en popa. En el medio había una escalera de caracol que llevaba al interior de la cubierta principal. Además del camarote de Mikolas y del suyo, había un comedor formal para doce personas, una elegante sala con una enorme pantalla de televisión y un piano. Fuera se encontraba un pequeño bote salvavidas frente a la terraza privada de Mikolas y una amplia zona de solario que recorría la piscina de popa.

Tanto lujo tendría que haberle provocado cierto desprecio, pero lo cierto era que la tranquilizaba. Podía fingir que no estaban en un barco, sino en un hotel de costa. Un hotel que no se podría permitir, pero daba igual.

En la cubierta inferior no le fue tan fácil fingir, allí estaban las cocinas, la sala de máquinas, y camarotes de invitados y de tripulación menos lujosos. Y también una lancha motora aparcada en un compartimento de popa.

Fue consciente entonces del largo viaje que había hecho para llegar hasta Trina. Había salido de Londres la noche antes y no había dormido mucho durante el viaje. Volvió a su suite y se puso un pijama cómodo de seda azul muy femenino.

No había ganado un crucero de vacaciones, se recordó tratando de no dejarse influir por todo aquel confort. Una jaula de oro seguía siendo una cárcel y no sucumbiría a las expectativas de Mikolas de «mantenerla». No conseguiría seducirla con sus riquezas y sus lujos.

«No te forzaré, no habrá necesidad».

Viveka volvió a sonrojarse al recordar sus besos y se acurrucó en el sillón en lugar de meterse en la cama. Quería estar despierta si Mikolas aparecía requiriendo sexo. En lo que se refería a hacer el amor había más fantasía que realidad, no había llegado tan lejos con los pocos hombres con los que había salido. Aquel beso de Mikolas la había afectado tanto como los demás sucesos del día.

Sus pensamientos volvieron por enésima vez a los últimos momentos de su madre. Imaginó sin saber por qué que su madre estaba en aquel barco y que estaba a punto de desencadenarse una tormenta, pero no podía encontrar a su madre para avisarla. Era un sueño, sabía que era un sueño. Viveka no estaba en el barco cuando su madre se perdió, pero podía sentir el modo en que las olas golpeaban ahora el yate...

Se incorporó con un gemido y sintió que habían entrado en aguas turbulentas. Las olas golpeaban contra el cristal de su claraboya y el barco se movía tanto que se resbalaba de la cama.

¿Cómo había terminado en la cama?

Soltó un pequeño sollozo, apartó las sábanas y se puso de pie.

La tía Hildy diría que tener miedo no era una excusa para entrar en pánico. Viveka no se consideraba una persona valiente en absoluto, pero había aprendido a cuidar de sí misma porque nadie más lo había hecho. Si el yate iba a naufragar necesitaba estar en la cubierta con un chaleco salvavidas para intentar sobrevivir.

Salió al pasillo y se dirigió a la sala principal dando tumbos. Recordó que el bote salvavidas estaba en aquella cubierta, pero en la proa, al final de la suite de Mikolas. El tripulante le había explicado todas las medidas de seguridad, y eso la tranquilizó en su momento. Ahora solo se le ocurrió pensar que era un lugar absurdo para guardar los chalecos salvavidas.

Mikolas tenía el sueño ligero, pero esa noche estaba en guardia por más razones que por sus antiguas pesadillas. Estaba esperando exactamente lo que había sucedido. El balcón del camarote de Viveka no era lo único que estaba en estado de alarma. Cuando ella salió de la suite, el sistema de seguridad interno, mucho más discreto, provocó una vibración en su teléfono.

Mikolas reconoció la señal, se puso de pie y se ajustó los pantalones cortos. Aquella era otra razón por la que no había podido descansar. Tenía una erección. Y nunca dormía con ropa. Le resultaba incómoda incluso cuando no se interponía con su erección, pero imaginó que en algún momento tendría un encuentro con su invitada y pensó que no debería llevar nada puesto al acostarse.

Esperaba encontrar alivio con su invitada, pero cuando entró en su habitación vio que estaba dormida en el sillón, acurrucada como una niña que se resistiera a irse a la cama, con una mano apoyada en la mejilla. No se movió cuando la llevó en brazos a la cama y la acostó, lo que supuso una gran decepción para él.

Su evidente agotamiento junto con la palidez de su piel y el ceño ligeramente fruncido había provocado una extraña reacción en él. Algo parecido a la preocupación. Eso le molestó. Era inmune a la manipulación emocional, pero estaba obsesionado con Viveka... y ella ni siquiera estaba despierta ni lo había hecho intencionadamente.

Suspiró con resignación y se dirigió a su despacho.

Si una mujer iba a mantenerle despierto durante la noche, más valía que fuera por una razón mejor que aquella.

No le cabía duda de que el destino de Viveka era su cubierta privada en la proa. La había visto hablar con el tripulante largo y tendido sobre el bote salvavidas y los sistemas de seguridad cuando estuvo ahí sentado trabajando antes. No le sorprendió que intentara escapar. Ni siquiera estaba enfadado. Estaba desilusionado.

Aunque una parte de él disfrutaba con el hecho de que Viveka le desafiara. Poca gente se enfrentaba a él.

Además, se sentía lo suficientemente frustrado sexualmente para agradecer una confrontación a medianoche. Cuando la había besado, el deseo se había apoderado de su autocontrol con tanta fuerza que estuvo a punto de abandonarse y hacerle el amor allí mismo, encima de la mesa. Finalmente ganó la batalla su necesidad de tener el control de sí mismo y de los demás. Recuperó la compostura en el último instante, pero necesitó más esfuerzo del que quería admitir.

–Vamos –murmuró buscándola bajo el tenue brillo de las luces reglamentarias.

Aquella era la reacción de un adicto, se dijo con desprecio hacia sí mismo. Su cerebro sabía que Viveka era letal, pero la sensación de omnipotencia que le proporcionaba era una gran tentación. No le importaba arriesgarse a la autodestrucción. Seguía deseándola.

¿Dónde estaba?

No se habría lanzado por la borda...

La idea le provocó una desconcertante punzada en el pecho. No sabía qué le llevó a quitarse la chaqueta y los zapatos y lanzarse tras ella aquel día. Había sido puro instinto. Y ahora no podía quitarse de la cabeza la imagen de Viveka desapareciendo bajo el agua. Salió del despacho para dirigirse a su cubierta privada, donde la lluvia y las olas le golpearon la piel. Viveka no iba a bajar las escaleras para ir a su encuentro.

Subió las escaleras y se acercó a la cubierta central pero no vio ni rastro de ella.

Finalmente la localizó. La vio al detenerse en la puerta del puente pensando en entrar y buscarla en las cámaras de seguridad. Algo le hizo mirar atrás por donde había venido, y entonces vio una bola de ropa negra y piel blanca bajo el flotador salvavidas.

¿Qué diablos...?

–Viveka –Mikolas retrocedió unos cuantos pasos y

plantó con cuidado los pies desnudos en la húmeda cubierta–. ¿Qué estás haciendo aquí fuera?

Ella levantó el rostro. Tenía el pelo pegado en el cuello y los hombros. Le tembló la barbilla cuando tartamudeó:

–Ne... necesito un... un chale... chaleco salvavidas.

–Estás congelada –Mikolas se agachó para tomarla en brazos, pero ella se mantuvo obstinada y temblorosa en su sitio, agarrada al flotador.

Mikolas empleó un poco más de fuerza para soltarle los dedos.

El barco se inclinó poniendo a prueba su equilibrio.

Antes de que pudiera incorporarse del todo, Viveka gritó y estuvo a punto de tirarle al echarle los brazos al cuello y pegarle el pijama empapado al pecho.

Mikolas soltó una palabrota y siguió esforzándose por mantenerse de pie.

–¿Nos vamos a caer?

–No.

Mikolas apenas podía respirar, Viveka se le estaba agarrando con tanta fuerza al cuello y temblaba tanto que casi podía sentir crujir sus huesos. Maldijo entre dientes y entonces entendió por qué ella se había pasado el día mirando por la borda con angustia. Tenía terror a los barcos.

–Vamos dentro –la dirigió hacia las escaleras que llevaban a su cubierta.

Viveka se resistió.

–No quiero quedarme atrapada si volcamos.

–No vamos a volcar.

Siguió resistiéndose, así que Mikolas la tomó en brazos y la llevó hasta su camarote. Se sentó al borde de la cama con ella en el regazo. Seguía temblando.

–Esto es solo un poco de viento. No es una tormenta.

No había ningún calor bajo aquel pijama empapado. Mikolas podía ver en la penumbra que tenía los labios morados. Le frotó el cuerpo con las manos para intentar calentarle la piel.

–No hace falta que haya tormenta –Viveka se apoyó contra su pecho, todavía le rodeaba el cuello con los brazos–. Mi madre se ahogó cuando había calma. Grigor se la llevó al barco –se le quebró un poco la voz–. Tal vez con el propósito de ahogarla. No lo sé, pero creo que ella quería dejarle. Se la llevó a navegar y dijo que no supo hasta la mañana siguiente que se había caído, pero nunca pareció que le importara. Me dijo que dejara de llorar y me ocupara de Trina.

El tono emocionado de su voz le recordó a Mikolas hechos igual de tristes que había enterrado en su subconsciente.

«Tu madre murió mientras estabas en el colegio». El casero le dijo aquellas palabras sin vacilar y sin contemplaciones, destruyendo el mundo de Mikolas. «Una mujer de servicios sociales va a venir a buscarte».

Lo que vino a continuación fue tan terrible que Mikolas lo guardó todo en el pasado en cuanto su abuelo se hizo cargo de él. Pasó página y nunca volvió a ella.

Pero de pronto se veía atacado por aquel antiguo dolor. No podía ignorar la fuerza con la que el corazón de Viveka latía contra el suyo. Tenía la piel pegajosa y la espina dorsal tirante.

La mano de Mikolas siguió de forma inconsciente aquella curva dura, ya no para hacerla entrar en calor, sino para intentar tranquilizarla mientras robaba un poco de consuelo para sí mismo de alguien que entendía lo que había sufrido.

Mikolas se recuperó igual de rápido, sacudiéndose aquel momento de empatía y recolocándola para obligarla a mirarlo.

–He sido sincero contigo, ¿no es así? –tal vez sonara brusco, pero Viveka había despertado algo en él y no le gustaba el viento frío que le atravesaba como resultado–. Si estuviéramos en peligro te lo diría. Pero no lo estamos.

Viveka le creyó. Eso era lo más ridículo. No tenía motivos para confiar en él, pero, ¿por qué iba a ser tan directo para todo lo demás y ocultar el hecho de que podían volcar? Si decía que estaban a salvo, estaban a salvo.

–Sigo teniendo miedo –admitió con un susurro. Odiaba ser tan cobarde.

–Piensa en otra cosa –le aconsejó Mikolas. Le acarició la barbilla con el pulgar. Luego inclinó la cabeza y la besó.

Viveka levantó una mano y le acarició el rostro, pensando que no debería permitir que esto sucediera de nuevo, pero la textura de su barba incipiente le resultaba fascinante contra la palma de la mano y tenía los labios cálidos, lo que provocaba oleadas de calor en su cuerpo mojado. Todo en su interior se calmó y se caldeó.

Entonces Mikolas le abrió los labios con el mismo afán ávido y posesivo de antes, le cubrió un seno y ella se estremeció bajo aquella nueva remesa de sensaciones. La ráfaga le dolió por poderosa, pero era como cuando la sacó del agua a la superficie. La estaba sacando de su fobia y llevándola a un momento de maravilla.

Viveka se acercó más de modo instintivo, la seda de su pijama era una capa húmeda y molesta entre ellos mientras trataba de presionarse contra su piel.

Mikolas gruñó y se puso duro bajo su trasero. La

rodeó con sus brazos en un gesto seguro, sexual y posesivo mientras abría más las rodillas para que Viveka se acomodara más profundamente contra la robusta forma de su sexo.

Una oleada de calor le recorrió a Viveka la entrepierna, aguda y poderosa. Toda la piel le quemaba mientras la sangre le recorría cada centímetro. No fue su intención permitir que la lengua le rozara la suya, pero no lo pudo evitar, y el contacto le provocó un chispazo en el vientre.

El acercamiento tendría que haberle parecido amenazador, pero le resultó sexy y poderoso. Y siguieron besándose, las oleadas de placer se hicieron más focalizadas. El modo en que jugueteaba con su pezón le provocaba vibraciones de excitación por todo el cuerpo.

Tomó aire cuando Mikolas se retiró, pero no quería que parara. Todavía no. Alzó la boca para que siguiera besándola con más pasión. Más profundamente.

Sentía el pecho sensible donde se lo estaba masajeando, y el pulso de entre las piernas se convirtió en un latido hambriento cuando Mikolas le frotó la seda mojada contra el punto tirante del pezón.

Apartó la mano y le levantó la tela por el vientre tembloroso. Allí dejó la palma de la mano, marcando su piel fría y desnuda. Sus dedos buscaron el borde de la cinturilla y Mikolas levantó la cabeza, dispuesto a deslizar la mano entre sus muslos cerrados.

–Ábrete –le ordenó.

Viveka jadeó y se levantó de su regazo, tambaleándose al ver que las rodillas no la sostenían.

–¿Qué?... ¡No!

Se llevó la mano al cuello, donde le latía el pulso, sorprendida consigo misma. Mikolas seguía convirtiéndola en aquel... animal. De eso se trataba todo aquello: hormonas. Una respuesta primitiva por parte del cavernícola que la había rescatado de las fauces del león. La parte primitiva de ella reconocía al macho alfa que podía mantener a su camada viva, así que su cuerpo quería hacer unos cachorros con él.

Mikolas dejó caer una mano y luego la otra detrás, apoyándose en los brazos estirados. Las fosas nasales se le abrieron mientras la miraba fijamente. Era la única señal de que su retirada le había molestado. Las contracciones de deseo continuaban dándole vueltas en el abdomen. La parte de ella que podía recibirle ardía de deseo carnal.

–Dijiste que no me obligarías –consiguió decir ella con voz temblorosa.

Era una defensa débil y los dos lo sabían.

Mikolas arqueó una ceja en un burlón «no tengo que hacerlo». El modo en que la miró hizo que Viveka se preocupara por su aspecto, con la seda pegada a los distendidos pezones.

Se apartó la tela de la piel y miró a la puerta.

–Estás molesta por cómo reaccionas ante mí. ¿Por qué? Yo creo que es excitante.

El ronquido de su voz excitada provocó que los músculos internos de Viveka se contrajeran de modo involuntario.

–Ven aquí. Te abrazaré toda la noche. Te sentirás muy segura –le prometió. Pero se le torció un poco la boca con malicia.

Viveka se abrazó a sí misma.

–Yo no me voy acostando por ahí con la gente. ¡Ni siquiera te conozco!

–Prefiero que seas así –apuntó él.

–¡Bueno, pues yo no!

Mikolas suspiró y se levantó. Viveka sintió cómo se le disparaba el pulso por la excitación. Al parecer se dio la vuelta y se dirigió a la esquina de la habitación.

Se recordó que era ella quien le había rechazado. Aquella sensación de desaire no tenía ningún sentido.

Pero Mikolas resultaba tan atractivo con su alta y poderosa figura, la espina dorsal sostenida por músculos elásticos como si fuera un artista de las artes marciales. La luz baja transformaba su piel en bronce bruñido, y se le marcaba un trasero muy bonito con aquellos bóxers mojados y pegados.

Debería marcharse, pero le vio buscar tres botones diferentes antes de sacar la pared interna como si fuera una puerta. Apareció la estantería del camarote de Viveka, plegándose para convertirse en parte de su salón, creando un arco que daba a la suite de Viveka.

—No he usado esto todavía. Es inteligente, ¿verdad? —comentó.

Si Viveka no odiara tanto los barcos habría estado de acuerdo. Pero lo único que pudo hacer fue abrazarse a sí misma, asombrada al darse cuenta de que ahora estaban compartiendo habitación.

—Así te sentirás más segura, ¿verdad?

¡Claro que no!

Mikolas no parecía esperar respuesta, se limitó a abrir un cajón. Rebuscó en el interior y sacó una parte da arriba rosa de manga larga y unos pantalones de pijama de franela verde menta.

—Sécate y ponte esto.

Viveka le agarró el pijama de la mano sin atreverse a mirarlo a la cara y se dirigió al baño de su propia suite. Qué hombre tan desesperante.

Mientras se cambiaba con torpeza decidió que ella misma cerraría la pared aunque le gustaba la idea de que Mikolas estuviera en la misma habitación que ella. No era un hombre en el que se pudiera confiar, se recordó. Si algo había aprendido en la vida era que estaba sola.

Entonces salió y vio que tenía un chaleco salvavidas a los pies de la cama. Cuando miró hacia la habitación de Mikolas, tenía la luz apagada.

Se llevó el chaleco al pecho y lo agarró con fuerza.

–Gracias, Mikolas –dijo en la oscuridad.

Se hizo una pausa y luego se escuchó:

–Intenta no tener que utilizarlo.

Capítulo 6

VIVEKA estaba tan emocionalmente agotada que durmió hasta tarde agarrada al chaleco salvavidas.

Incorporándose con un abrupto recuerdo, se dio cuenta de que el sol se filtraba a través de las ventanas del camarote de Mikolas. El yate navegaba suavemente y le pareció sentir el fresco aroma de una ligera brisa. Puso los pies en el suelo y entró en la suite de Mikolas.

Él no la vio, pero Viveka contuvo el aliento al verle. Estaba tumbado en el ala de su zona de estar. Estaba frente a lo que parecía la mampara de su suite, flanqueada a ambos lados por paneles de cristal. El viento soplaba sobre él revolviéndole el oscuro cabello.

Tendría que haberse alarmado por el modo en que la repisa se cernía sobre el agua, pero Mikolas estaba tan relajado espatarrado sobre una silla con cojines, con los pies en alto, que solo pudo experimentar de nuevo una punzada de profunda atracción.

Tenía la tableta en una mano, una manzana medio mordida en la otra y estaba casi desnudo. Una vez más. Solo llevaba puestos unos shorts, esta vez de cuadros grises y negros.

Sintió una punzada en el corazón al pensar que tenía que seguir peleándose con él. Pero no se trataba de ella, sino de la tía Hildy.

Mikolas levantó la cabeza y se giró para mirarla

como si hubiera sido consciente de su presencia desde el principio.

–¿Te da miedo salir aquí?

Estaba aterrorizada, pero no tenía nada que ver con el agua, sino con cómo le afectaba Mikolas.

–¿Por qué tú tienes el balcón abierto y no pasa nada y si lo abro yo supone un problema? –preguntó con tono beligerante obligando a sus piernas a avanzar hasta lo abierto.

–He tenido una visita –señaló con la cabeza al suelo.

Su bolsa.

Viveka se arrodilló asombrada y la abrió. Sacó el bolso, el teléfono, el pasaporte... todo tal y como debía estar. Incluso encontró su pinza de pelo favorita. Se la puso en la melena revuelta con gesto rápido, extrañamente reconfortada por aquel pequeño rasgo de normalidad.

Cuando alzó la vista se dio cuenta de que Mikolas la estaba mirando. Se terminó la manzana con un par de mordiscos y tiró el corazón al mar.

–Sírvete tu misma –señaló una mesa preparada al lado de la puerta de su despacho.

Viveka se dio cuenta al instante de que ahí había algo más que café y una cesta de frutas. Los platos contenían recetas tradicionales que no había comido desde que dejó Grecia nueve años atrás. Había logrado convencerse de que odiaba todo lo relacionado con aquel país, pero en cuanto vio los *tiganites* la nostalgia se apoderó de ella. Le vino a la cabeza el recuerdo de su madre diciéndole que cortara los crepes para su hermana. Sintió una punzada en el corazón y se le hizo la boca agua.

–¿Tú ya has comido? –preguntó con la esperanza de que no se le notara el temblor en la voz.

–*Óchi akóma*, todavía no.

Viveka le dio un buen trozo de tortilla junto a unos crepes y le llenó la taza de café. Mikolas la miró con sorpresa mientras le servía.

Sí, estaba intentando suavizarlo para poder tener algo de ventaja sobre él.

–*Efcharistó* –le dijo Mikolas cuando se sentó a su lado.

–*Parakaló* –Viveka estaba intentando actuar con normalidad, pero había escogido empezar con yogur y miel de tomillo. La primera cucharada le supo a gloria y le devolvió a su primera infancia, cuando su madre vivía y su hermana era como una muñeca de verdad a la que podía vestir y alimentar. Tuvo que cerrar los ojos para evitar que se le cayeran las lágrimas.

Mikolas la observó, fascinado a su pesar por la emoción que se le subió a las mejillas mientras saboreaba el desayuno. Resultaba sexy y poderosa.

Forzó la vista para mirar su propio plato.

Viveka estaba ocupando demasiado espacio en su cerebro. Eso tenía que parar.

No entendía por qué actuaba así con ella. Aquella mañana se había planteado incluso su decisión de mantenerla a su lado, algo impropio de él. La indecisión llevaba al descontrol. Y él no quería rajarse porque tuviera miedo de estar cerca de aquella mujer en particular.

Entonces llegó la noticia de que Grigor estaba ocultando deudas de dos de sus filiales. Después de eso no había margen para el error. Mikolas había lanzado unas cuantas órdenes finales y luego le notificó a Grigor su intención de adueñarse de todo con o sin cooperación.

Grigor se quedó lívido. Teniendo en cuenta los malignos comentarios del hombre, Mikolas sospechaba ahora igual que Viveka que su padrastro había matado a su madre. Viveka se quedaría a su lado tanto si estuviera cómodo en su presencia como si no. Tanto si ella quería como si no, al menos hasta que pudiera asegurarse de que Grigor no le haría daño.

La miró. Ella se puso más recta y se aclaró la garganta. Miró al mar y luego alzó la barbilla.

–Mikolas, tengo que volver a Londres. Mi tía es muy mayor. Está enferma. Me necesita.

Mikolas parpadeó. Aquello no se lo esperaba.

–Háblame de ella –le pidió.

Viveka miró hacia el cielo azul y pareció vacilar durante un instante.

–No hay mucho que contar. Es la hermana de mi abuela y me recibió cuando Grigor me echó, aunque era una solterona que nunca quiso saber nada de niños. Tuvo una carrera profesional antes que las mujeres accedieran al mundo laboral. Trabajó en el parlamento como secretaria –Viveka agarró su taza de café con ambas manos–. Estaba empeñada en que yo fuera independiente, pagara mi parte de la renta y que aprendiera a cuidar de mí misma.

–¿Y ella no siguió su propio ejemplo, no pensó en el futuro?

–Lo intentó –Viveka se encogió de hombros–. Pero perdió los ahorros de su jubilación con la crisis, como mucha gente. Durante un tiempo consiguió ingresos extra alojando huéspedes, pero tuvimos que dejarlo hace unos años y rehipotecar la casa. Tiene demencia –suspiró–. Le molesta que haya desconocidos en casa. A mí tampoco me reconoce ya, cree que soy mi madre, o su hermana, o una intrusa que la quiere robar. He empezado los trámites para llevarla a una residencia.

Viveka sabía que la estaba escuchando atentamente y pensó en dejarlo ahí, pero le pesaba demasiado la conciencia. Ya le había contado a Mikolas lo de los abusos de Grigor, así que tal vez entendiera el resto. Y necesitaba sacárselo del pecho.

–Siento que le estoy robando. Hildy trabajó muy duro por tener su casa y merecer vivir ahí, pero no puede cuidar de sí misma. Yo tengo que volver a casa cada pocas horas para asegurarme de que no ha prendido fuego a algo o se ha subido a algún autobús. No puedo permitirme quedarme en casa todo el día con ella, y aunque pudiera...

Viveka tragó saliva y se dijo que no debería estar resentida, pero todavía le dolía.

No podía mirar a Mikolas. Ya se sentía como el ser vivo más bajo y él no decía nada.

–Vivir con ella nunca fue agradable. Siempre fue una persona difícil y exigente. Yo tenía pensado mudarme en cuanto terminara el instituto, pero entonces ella empezó a ir cuesta abajo. Me quedé para ocuparme de la casa y de cuidarla.

Sentía lo poco que había comido pegado al estómago. Terminó con el mejor argumento que se le ocurrió.

–Tú dijiste que sientes lealtad hacia tu abuelo por lo que te dio. Eso es lo que yo siento por ella. La única manera de que pueda vivir sacándola de su casa es asegurarme de que va a un buen sitio. Así que tengo que volver a Londres y ocuparme de eso.

Viveka dejó a un lado su café, se abrazó y se quedó mirando al horizonte sin saber si era culpabilidad lo que quemaba en el vientre o la angustia de dejarse al descubierto.

–¿Dónde está ella ahora? –preguntó Mikolas.

–Antes de irme lo arreglé con su médico para que pudiera estar en un centro, pero es algo temporal. Hay que completar el papeleo formal. No puede quedarse donde está ni tampoco puede volver a casa si yo no estoy ahí. Su médico me espera esta semana en la consulta.

Mikolas agarró su tableta e hizo una llamada. Un instante más tarde alguien respondió en alemán. Mantuvieron una larga conversación que Viveka no entendió y Mikolas terminó diciendo *Dankeschön.*

–¿Quién era? –preguntó Viveka cuando él dejó a un lado la tableta.

–El médico de mi abuelo. Es suizo. Tiene muchas conexiones con clínicas privadas por toda Europa. Se asegurará de que Hildy vaya a una buena.

Viveka resopló.

–Ninguna de nosotras tiene dinero suficiente para una clínica privada que busque un famoso especialista suizo. Apenas puedo pagar los extras de la residencia a la que espero poder llevarla.

–Yo lo haré por ti, así estarás tranquila.

A Viveka se le nubló la vista durante unos segundos.

–Mikolas –dijo finalmente–, quiero hacerlo yo. No quiero estar en deuda contigo por este asunto.

Sintió una punzada en el corazón, como si le estuvieran abriendo una cortina que la dejara al descubierto en su nivel más profundo.

–¿Qué clase de sexo crees que vas a conseguir de mí que pueda compensar algo así? Porque te aseguro que no soy tan buena. Te vas a llevar una decepción.

Mikolas no había conocido a ninguna mujer con una conciencia tan torturada ni con una determinación tan valiente de proteger a la gente que le importaba sin pensar en sí misma.

No le parecía real. Estaba a punto de sentirse conmovido por la profundidad de su lealtad hacia su tía.

–Vamos a dejar las cosas claras –afirmó de pronto

Mikolas con decisión–. La deuda que tú me debes es la pérdida de una esposa.

Viveka no se movió, pero clavó sus ojos azules en él. Eran tan profundos como el cielo.

–Mi intención era casarme, celebrar la luna de miel esta semana y luego organizar una fiesta para mi esposa, presentarla en mi círculo social en el que no soy muy bien visto debido a mis raíces.

No le importaba ser un marginado. Estaba preparado para no necesitar la aprobación de nadie. Prefería su propia compañía, y si se aburría de sí mismo podía hablar con su abuelo.

Pero el ostracismo no casaba bien con una naturaleza que exigía superar todas las circunstancias. Cuanto más trabajaba en hacer crecer la corporación, más se daba cuenta de la importancia de relacionarse con la gente. Socializar era un modo molesto de invertir el tiempo, pero era algo necesario.

–La curiosidad habría llevado a la gente a acudir a la fiesta –continuó–. El matrimonio habría sido el inicio para desarrollar otras relaciones. ¿Lo entiendes? Las esposas no hacen amistad con mujeres a las que solo van a ver una vez. Los maridos no animan a sus esposas a invitar a las relaciones temporales de otros hombres a cenar o a tomar una copa.

–¿Porque tienen miedo de que sus esposas descubran sus propias relaciones? –se atrevió a preguntar Viveka.

–Es una cuestión de inversión. Nadie quiere invertir tiempo ni dinero en algo que carece de futuro estable. Al casarme iba a conseguir algo más que la empresa de Grigor. Era un cambio de imagen necesario para mí.

Viveka sacudió la cabeza.

–Trina no habría servido para ese propósito. Es dulce y divertida, le encanta cocinar y recoger flores para hacer arreglos. Pero, ¿hacer el papel de esposa social?

¿Hablar de alta costura y viajes a las Maldivas? Tú con tu personalidad de maza la habrías aplastado antes siquiera de que se vistiera para el evento.

—Andar por ahí con la mujer que ha boicoteado mi boda no es lo ideal, pero quedará mejor que salir con cualquier otra por despecho. Ya que estarás conmigo hasta que haya neutralizado a Grigor, podremos construir el mismo mensaje de constancia.

—¿A qué te refieres con neutralizar a Grigor?

—He hablado con él esta mañana. No está contento con la absorción ni con el hecho de que te hayas quedado conmigo. Necesitas protección. ¿Hiciste que investigaran la muerte de tu madre?

Aquello pareció desarmarla. Se le torció el gesto.

—Solo tenía nueve años cuando sucedió, así que pasaron muchos años antes de que encajara las piezas y pensara que podría haberlo hecho. Tenía catorce años cuando le pedí a la policía que lo investigara, pero no me tomaron en serio. Grigor tiene a la policía de la isla en el bolsillo. En realidad a toda la isla, y no puedo culparlos. Yo misma aprendí a comportarme bajo sus normas para no perderlo todo. Seguramente no me mató por ir a la policía porque habría resultado muy sospechoso que me sucediera algo justo después de la denuncia, pero que hiciera preguntas fue una de las razones por las que me echó.

—Voy a contratar a un detective privado para ver qué podemos averiguar. Si se demuestra algo y acaba entre rejas estarás fuera del alcance de su mano.

—¡Eso podría llevar años!

—Y le hará estar mucho más enfadado contigo a corto plazo —reconoció Mikolas—. Pero como tú dices, si está bajo sospecha no quedaría bien si algo te sucediera. Creo que eso te garantizará protección a largo plazo.

–Vas a iniciar una investigación, a ocuparte de mi tía y a protegerme de Grigor, y lo único que yo tengo que hacer es fingir ser tu novia –la voz de Viveka destilaba recelo–. ¿Durante cuánto tiempo?

–Al menos hasta que se complete la fusión y la investigación demuestre resultados. Juega bien tus cartas y puede que incluso te perdone por haber irrumpido en mi vida de ese modo.

Ella soltó una carcajada amarga.

–¿Y el sexo?

Ladeó la cabeza fingiendo despreocupación, pero el ceño ligeramente fruncido le hizo saber que estaba ansiosa. Eso le irritó. Mikolas no podía pensar en otra cosa que no fuera descubrir lo incendiarios que podrían ser juntos. Si Viveka no estaba igual de obsesionada, entonces él se encontraba en desventaja.

Algo que nunca le había pasado.

Agitó la mano con gesto despreocupado y afirmó:

–Es como el clima de hoy, lo disfrutaremos porque está aquí.

¿Era una sombra de desilusión lo que le cruzó por los ojos? ¿Qué esperaba? ¿Mentiras sobre el amor?

La boca de Viveka tembló un poco cuando se puso de pie.

–Sí, bueno, el parte anuncia fuertes heladas. Ponte algo abrigado –agarró su bolsa–. Me voy a mi habitación.

–Deja el pasaporte conmigo.

Ella se giró para mirarlo con desprecio.

–¿Por qué?

–Para sacar los visados de viaje.

–¿Para ir dónde?

–Donde necesite que estés.

–¿Por ejemplo?

–Por ejemplo Asia, pero tú querías ir a Atenas antes,

¿no? Esta noche hay una fiesta. Haz lo que te diga y te dejaré bajar del barco para venir conmigo.

Viveka estiró mucho la espalda al escuchar aquel comentario tan machista. No tenía los pechos particularmente grandes, pero sí resultaban magníficos en su forma. Mikolas se volvería loco si no volvía a tocarla pronto.

Ella frunció el ceño como si le hubiera leído el pensamiento. Sin duda estaba pensando que el hecho de que le hubiera devuelto la bolsa y que estuvieran en Atenas era una oportunidad excelente para colocar a Mikolas en el espejo retrovisor.

Se puso tenso esperando a que contestara. Quería que hiciera lo que ella decía.

Una expresión de impotencia atravesó el rostro de Viveka antes de que bajara la cabeza y sacara el pasaporte del bolso. Le tembló la mano cuando se lo entregó.

Mikolas lo tomó con una oleada de alivio.

Viveka le sostuvo la mirada, estaba increíblemente bella con aquella expresión decidida en su rostro orgulloso.

–¿Te asegurarás de que mi tía Hildy esté bien cuidada?

–Te llevarás bien con *Pappoús*. Él también me obliga a prometerle cosas.

Viveka soltó el pasaporte y desvió la mirada como si no quisiera reconocer el significado de aquel gesto. Se aclaró la garganta y sacó el móvil.

–Quiero comprobar cómo está Trina. ¿Me das la contraseña del Wifi?

–La clave de seguridad es una mezcla de caracteres occidentales y griegos –le tendió la otra mano–. Yo lo haré por ti.

Ella dejó escapar un gruñido de derrota, le puso con fuerza el móvil en la mano y se marchó.

Capítulo 7

MIKOLAS se había registrado a sí mismo en los contactos de Viveka con un selfi que se hizo con su móvil. Salía sentado en su yate como un sultán, tomando posesión de su vida entera.

Viveka no podía dejar de mirarla. Era como si aquellos ojos difuminados le estuvieran haciendo el amor, la curva de sus labios se alzaba en las comisuras en una media sonrisa. Como si le estuviera diciendo: «sé que ahora mismo estás desnuda en la ducha». Era tan brutalmente guapo con sus pómulos cincelados y su aspecto despreocupado que a Viveka le dolió el pecho.

Pero le había enviado una petición al médico suizo con una recomendación para el ingreso en una de las mejores clínicas del mundo especializadas en demencia que no estaban al alcance de cualquier mortal. Lo único que hizo falta fue dar el nombre del médico de su tía para que se iniciaran los trámites del traslado de Hildy a la clínica.

Aparte del bienestar de Trina, lo único por lo que Viveka vendería su alma era un buen plan de vida para su tía Hildy. Aquello decía muy poco de su vida en Londres. Allí no tenía vida social. Apenas salía con chicos o con amigos. Su vecino era simpático, pero casi toda su vida giró en torno al instituto, luego al trabajo y a cuidar de su tía. Ahora no había nadie que se preocupara por ella tras haber sido raptada por aquel guerrero espartano.

Suspiró. Ni siquiera podía argumentar que necesitaba regresar a su trabajo. Un correo electrónico rápido y su puesto fue ocupado por uno de los empleados temporales que necesitaba las horas. Había aceptado aquel trabajo porque le quedaba cerca de casa, y en el fondo ya tenía planeado hacer un cambio cuando Hildy estuviera instalada.

Pero la tía Hildy había tenido una vida difícil, la anciana no tendría que sufrir y no lo haría si Viveka podía evitarlo.

Y ahora que Mikolas había dejado claro que el sexo no era obligatorio...

¡No quería pensar en sexo con aquel hombre! Ya la hacía sentirse tan rara que apenas podía soportarlo. Pero no podía evitar preguntarse cómo sería acostarse con él. Había algo en Mikolas que le alborotaba la sangre.

Así que trató de no pensar en ello y se centró en la videoconferencia con Trina. Su hermana estaba emocionada y terriblemente preocupada cuando contestó.

–¿Dónde estás? Papá está furioso –Trina abrió mucho los ojos–. Tengo miedo por ti, Viveka.

–Estoy muy bien –mintió ella–. ¿Qué hay de ti? Está claro que has hablado con él. ¿Va a ir en tu busca?

–No cree que haya sido decisión mía. Te culpa a ti por todo... no tengo muy claro qué está pasando en la empresa, pero las cosas no están saliendo como deberían y cree que es culpa tuya. Lo siento mucho.

–No me sorprende –resopló Viveka disimulando lo asustada que estaba con la noticia–. ¿Sois felices Stephanos y tú? ¿Ha valido la pena todo?

–¡Muy felices! Sabía que era mi alma gemela, pero estar casada con él es todavía mejor de lo que pensé –su hermana se sonrojó y se puso todavía más radiante.

De hacer el amor. De eso estaba hablando su hermana pequeña.

Una envidia dolorosa atravesó a Viveka. Siempre se había sentido fuera de lugar cuando las mujeres compartían historias sobre su intimidad con los hombres. Para ella salir con chicos había sido siempre un desastre. Ahora incluso su hermana pequeña la adelantaba en aquella curva. Eso hacía que Viveka se sintiera todavía más insegura respecto a su sexualidad.

Hablaron unos minutos más y Viveka se quedó pensativa cuando colgaron. Se alegraba de que Trina estuviera viviendo un cuento de hadas. Hubo una época en que ella también creía en los finales felices, pero con el paso del tiempo se volvió más pragmática, sobre todo al ver la pesadilla en la que se había convertido el romance de su madre.

Sus pensamientos quedaron interrumpidos por una llamada del médico de Hildy. Estaba impresionado de que Viveka hubiera podido trasladar a su tía a aquella clínica en particular y quería arreglarlo todo para llevarla a la mañana siguiente. Le aseguró a Viveka que estaba haciendo lo correcto.

La suerte estaba echada. Poco después el barco atracó y Viveka y Mikolas subieron a un helicóptero. Los dejó en lo alto de un edificio que le pertenecía y que era una torre de pisos, pero él tenía el ático que ocupaba la mayor parte de la planta superior.

–Tengo reuniones esta tarde –le informó Mikolas–. Pronto llegará una estilista para ayudarte a prepararte.

Normalmente Viveka estaba lista para salir en treinta minutos. Eso incluía lavarse la cabeza y secarse el pelo. Nunca en su vida había empezado a arreglarse cuatro horas antes de una cita, ni siquiera cuando fingió que iba a casarse con el hombre que le había dejado tranquilamente el pasaporte en una mesita antes de marcharse.

Aquello no era muy distinto a vivir con Grigor,

pensó Viveka apartando la mirada de la tentación del pasaporte para observar el dominio privado de Mikolas. Grigor era un matón pero vivía bien. Su mansión de la isla contaba con los mismos accesorios que había encontrado en el ático de Mikolas: habitación de invitados con baño completo, una bodega bien provista, despensa y piscina con impresionantes vistas.

Nada de todo aquello la tranquilizaba. Seguía estando nerviosa. Expectante. O mejor dicho, expectante respecto a Mikolas.

«Nada de sexo», se recordó a sí misma tratando de pensar en otra cosa. No era tímida, pero tampoco particularmente abierta. Ni especialmente guapa. Le daba la sensación de que todas las demás mujeres de aquella fiesta serían preciosas si Mikolas pensaba que necesitaba cuatro horas para arreglarse.

Sin embargo, la preparación de la estilista no consistió en cambiarle el aspecto. Se dedicó a mimarla con masajes, manicura, pedicura y el toque final del peinado y el maquillaje.

Cuando se miró al espejo con aquel vestido de cóctel color dorado se llevó una sorpresa. Tenía un aspecto muy chic. El corpiño le llegaba al borde del pecho y la ceñida tela se le ajustaba a las caderas de un modo que le realzaba la figura sin resultar vulgar. El color le destacaba las mechas más claras del pelo.

La estilista le había cortado un poco la melena y luego le había dejado sus ondas naturales añadiendo solo dos pequeñas horquillas para que su rostro quedara enmarcado mientras el resto de la melena le caía en cascada por los hombros.

—Nunca he sabido cómo conseguir que mi labio inferior parezca tan grueso como el de arriba —protestó Viveka mientras le pintaban los labios. El moretón que le había hecho Grigor era ya prácticamente invisible.

–¿Por qué quieres hacer eso? –le preguntó la estilista antes de marcharse–. Tienes un aspecto muy clásico, como una estrella antigua de Hollywood.

Viveka tuvo que reconocer que estaba encantada con el resultado final, pero se volvió tímida cuando se acercó a la sala y se encontró a Mikolas esperándola.

La dejó sin respiración. Estaba en la ventana con una copa en la mano. Llevaba puesto un traje a medida combinado con una camisa gris y corbata oscura. Su perfil quedaba recortado contra el brillo de la Acrópolis, situada a lo lejos. «Zeus», pensó Viveka. Y le temblaron las piernas.

Mikolas giró la cabeza, y aunque estaba quieto, ella sintió que se paralizaba todavía más.

A Viveka se le humedecieron los ojos. Tragó saliva para suavizar la sequedad de la garganta.

–No tengo ni idea de cómo actuar en esta situación –reconoció.

–¿En una cita? –bromeó Mikolas soltando el aire que tenía retenido, como si volviera a la vida.

–¿Esto es solo una cita? –entonces, ¿por qué le parecía algo tan monumental?–. No dejo de pensar que se supone que debo actuar como si tuviéramos una relación, pero no sé mucho de ti. Aunque supongo que tengo claro que eres la clase de hombre que salva la vida a una desconocida.

Aquello pareció sorprenderlo.

Viveka le buscó con la mirada y le preguntó con tono dulce:

–¿Por qué lo hiciste? –su voz encerraba todas las turbulentas emociones que Mikolas había provocado en ella con aquel acto.

–No fue nada –Mikolas apartó la mirada y dejó la copa.

–No digas eso, por favor –pero, ¿era realista pensar que

su vida había significado algo para él cuando ni siquiera la conocía todavía?–. Para mí fue mucho.

–No lo sé –admitió él a regañadientes. Dirigió la mirada hacia ella como si estuviera buscando pistas–. No estaba pensando en nada de todo esto. Salvar la vida de una persona no debería estar condicionado a una compensación. Me limité a reaccionar.

A diferencia de su abuelo, que había querido saber que se trataba realmente de su nieto antes de intervenir. Pobre Mikolas.

Durante un instante desaparecieron los muros que había entre ellos y Viveka sintió el tirón de aquella corriente brillante y magnética que los atraía. Quería acercarse y ofrecerle consuelo. Ser lo que él necesitara que fuera.

Durante un segundo le pareció que estaba en un punto de inflexión. Pero entonces un barniz de distanciamiento cayó sobre él como una capa.

–No creo que nadie tenga problemas para creer que tenemos una relación si me miras de esa manera –Mikolas sonrió, pero resultó un gesto un poco cruel–. Si no estuviera a punto de atrapar a alguien a quien llevo un tiempo persiguiendo aceptaría tu invitación. Pero tengo otras prioridades.

Ella dio un respingo, impactada por el desaire.

Afortunadamente, Mikolas no lo vio. Se había dado la vuelta para llamar al ascensor.

Viveka sintió las piernas rígidas al moverse y luchó para contener las lágrimas. Estaba herida. Le ardía la garganta. La compasión no era un fallo de carácter, se recordó. Solo porque Grigor, Hildy y este bruto no fueran capaces de apreciar lo que ella ofrecía no significaba que no tuviera valor.

No podía evitar reaccionar así ante él. Tal vez si no fuera una virgen irredenta sería capaz de manejarlo, pensó furiosa. Pero era quien era y odió a Mikolas por burlarse de ella.

Se movió como una autómata en silencio y salió del ascensor cuando las puertas se abrieron sin fijarse en lo que la rodeaba hasta que escuchó a su peor pesadilla decir:

–Aquí estás.

Capítulo 8

MIKOLAS se estaba dando de cabezazos contra la pared mentalmente cuando el ascensor se detuvo.

Viveka estaba tan hermosa cuando entró en la sala que el corazón le dio un vuelco. Una ligereza desconocida se apoderó de él. No era el dinero invertido en su aspecto. Era la belleza auténtica que brillaba a través de tantos productos, una belleza como la que poseían las cascadas y los atardeceres. Ese tipo de esplendor no se podía comprar. Y tampoco podía ignorarse cuando se tenía delante. Y si te permitías apreciarlo resultaba casi sanador.

Mikolas no era de los que se fijaban en el olor de las rosas ni disfrutaban de la puesta de sol. Vivía en un tanque acorazado de riqueza, distancia emocional y relaciones superficiales. Su círculo no incluía personas tan expuestas como Viveka, con su timidez defensiva y su anhelo de aceptación. Aquel candor atravesó sus barreras como nunca podría haberlo hecho la agresión.

Tan sumido estaba en sus pensamientos que cuando salió del ascensor no estaba demasiado centrado en lo que le rodeaba.

Cuando se acercaron al mostrador de seguridad, escuchó decir: «Aquí estás». Se dio la vuelta y vio a Grigor lanzándose contra Viveka. Ella soltó un aterrorizado grito de alarma.

–¿Crees que puedes investigarme? Yo te enseñaré lo que es un asesinato...

Mikolas actuó por instinto y le rompió la nariz a Grigor antes de darse cuenta de lo que hacía. Grigor cayó al suelo, la sangre le manaba entre los dedos agarrotados. Mikolas se agachó para agarrarle del cuello, pero su equipo de seguridad apareció desde todas direcciones.

–Llamad a la policía –ordenó incorporándose y pasándole el brazo a Viveka por el hombro–. Y no olvidéis mencionar que ha proferido amenazas contra su vida.

Acompañó a Viveka fuera, donde esperaba la limusina. Tenía auténtico miedo de lo que sería capaz de hacerle a aquel hombre si se quedaba.

Cuando la adrenalina comenzó a descender en la seguridad de la limusina, Viveka pasó de la tensión a sentirse como una cerilla quemada, frágil y quebradiza, chamuscada y fría. Miró a Mikolas, que se estaba mirando los huesos de la mano reconstruida como si buscara fracturas. Su silencio hizo que se sintiera fatal.

–Lo siento, Mikolas –dijo en un hilo de voz sin atreverse a mirarlo–. Tú sabes que cuando vine a Grecia solo pensaba en el bien de Trina, pero fui poco considerada contigo. No pensé en la situación en la que te ponía con Grigor.

–Ya basta, Viveka.

Ella dio un respingo, sobresaltada por su tono grave. La sangre se le congeló en las venas y se acurrucó más en el asiento, girando la vista hacia la ventanilla.

–La culpa ha sido mía –murmuró Mikolas con amargura–. Firmamos para que la fusión se realizara hoy. Me aseguré de que supiera por qué le estaba dejando fuera. Trató de engañarme.

Viveka se giró y lo miró sorprendida.

–No lo habría descubierto hasta después de casarme con Trina, pero tu intervención me dio la oportunidad de revisarlo todo. Yo había hecho muchas concesiones más allá de nuestro trato original. Al final las cosas se pusieron bastante feas. Grigor te echaba la culpa a ti, así que le dije que iba a iniciar una investigación. Tendría que haber imaginado que pasaría algo así. Soy yo quien te debe una disculpa.

Viveka no supo qué decir.

–Tú me ayudaste al impedir la boda. Gracias. Espero que la investigación acabe con él entre rejas –añadió mirándola fijamente.

A ella le temblaron los labios. Se sentía incómoda y tímida y trató de disimularlo.

–Entre Hildy y Grigor me he pasado la vida sintiéndome una rémora. Es refrescante escuchar que he hecho algo positivo por una vez. Estaba convencida de que me ibas a gritar... –se le quebró la voz.

Viveka se secó una lágrima con mano temblorosa para evitar que le estropeara el maquillaje.

Mikolas maldijo entre dientes y antes de que ella se diera cuenta de lo que estaba haciendo la colocó sobre su regazo.

–¿Te ha hecho daño? Deja que te mire el brazo por el que te agarró –su contacto resultó sumamente dulce mientras la exploraba. Después la abrazó contra su pecho y la acunó.

Viveka temblaba todavía cuando llegaron al Makricosta Olympus.

–Odio estas cosas –murmuró Mikolas mientras la acompañaba al salón de baile–. Deberíamos habernos quedado en casa.

Demasiado tarde para marcharse. La gente les estaba viendo entrar.

–¿Te importa sí...? –preguntó al ver el baño de señoras a la derecha. No podía ni imaginar qué aspecto tendría.

–Estaré en el bar –respondió Mikolas.

Viveka corrió al cuarto de baño y se acercó directamente al espejo para comprobar su maquillaje. Todo estaba bien, solo tuvo que quitarse un churretón de rímel.

–*Synchórisi* –dijo la mujer que estaba a su lado mientras se recolocaba los tirantes de su vestido negro–. No sé hablar griego, ¿hay alguna posibilidad de que hables mi idioma?

Viveka se apartó del espejo y aspiró con fuerza el aire para recuperar la compostura.

–Sí, lo hablo.

–Ah, estás triste –la mujer, una rubia delicada, le sonrió con preocupación–. Lo siento. No tendría que haberte molestado.

–No, estoy bien –aseguró Viveka forzando una sonrisa–. Me he emocionado.

–Me alegro. Por cierto, soy Clair –le ofreció la mano libre mientras seguía lidiando con los tirantes con la otra.

–Yo me llamo Viveka. ¿Tienes problemas con el vestido? –le preguntó mirando los tirantes.

–¡El peor! No tendrás por casualidad un imperdible...

–No. Pero te serviría un prendedor de corbata. Espera un momento, le voy a pedir a Mikolas el suyo –se ofreció Viveka.

–Buena idea, pero pídeselo a mi marido –sugirió Clair–. Así no tendré que preocuparme para devolverlo.

Viveka se rio.

–Déjame adivinar. ¿Tu marido es el que lleva traje? –señaló hacia el salón de baile lleno de cientos de hombres con traje y corbata.

Clair sonrió.

–El mío es fácil de localizar. Tiene una cicatriz aquí
–se trazó una línea vertical con el dedo en la mejilla–.
Además, lleva mi bolso en la mano. Necesitaba las dos
manos para intentar esto.

–Entendido. Ahora vuelvo.

Mikolas estaba de pie con el dorso de la mano pre-
sionado contra un whisky con hielo. Llevaba un rato
buscando a Viveka, y por fin la vio. Intentó establecer
contacto visual con ella, pero Viveka se acercó a un
grupo que estaba en la esquina más lejana.

Mikolas maldijo entre dientes al ver a quién se había
acercado: Aleksy Dmitriev. El magnate ruso tenía inte-
reses logísticos que se cruzaban con los suyos desde el
Egeo hasta el Mar Negro. Dmitriev nunca había res-
pondido a las llamadas de Mikolas, y eso le irritaba. No
le gustaba rogarle a nadie.

Mikolas sabía que Dmitriev le estaba evitando. Era
muy escrupuloso respecto a su reputación. No se arriesgaría a mancharla uniéndose al apellido Petrides.

Pero Mikolas sabía que trabajar con Dmitriev su-
pondría otro sello de legitimidad para su propia organi-
zación. Por eso quería asociarse con él.

Dmitriev se quedó mirando a Viveka como si fuera
una marciana y luego le tendió su copa. Se quitó el alfiler
de corbata y se lo dio antes de recuperar su copa. Luego,
cuando ella le preguntó algo más, señaló con la cabeza el
alféizar de una ventana donde había un bolsito limos-
nera. Viveka lo agarró y volvió al baño de señoras.

¿Qué diablos estaba pasando?

Viveka agradecía la distracción que le había ofre-
cido Clair, pero volvió a recuperar las emociones en-

contradas en cuanto volvió al lado de Mikolas. Destacaba sin intentarlo. Tenía aquel aire de desinterés propio de los lobos machos alfa, conscientes de su superioridad y de que no tenían nada que demostrar.

Un puñado de hombres de traje se arremolinaba en torno a él. Todos llevaban del brazo a una mujer de aspecto aburrido.

Mikolas interrumpió la conversación cuando Viveka llegó. La tomó de la mano y la presentó.

—Si la fusión ha seguido adelante, esta debe ser tu esposa—dijo uno de los hombres.

—No —contestó Mikolas sin más explicaciones.

Viveka puso los ojos en blanco. Era una norma básica mostrarse simpático si querías ser incluido en los juegos. Y eso era lo que quería Mikolas, ¿verdad? ¿No era a eso a lo que se refería cuando dijo que el papel de Viveka era conseguir cambiar el modo en que lo veían?

—Yo impedí la boda —intervino—. Se suponía que iba a casarse con mi hermana, pero... me enamoré locamente —concluyó mirando a Mikolas tras aclararse la garganta.

Mikolas adquirió la misma expresión de incredulidad que puso cuando le levantó el velo.

—Tu hermana no estará contenta —comentó una de las mujeres del grupo.

—Le parece bien —afirmó Viveka haciendo un gesto despectivo con la mano—. Es la primera en decir que uno debe seguir los dictados de su corazón, ¿verdad? —le dio un codazo suave a Mikolas.

—Vamos a bailar —Mikolas la agarró con fuerza del brazo y la llevó a la pista de baile—. No puedo creer que hayas dicho eso —murmuró unos segundos más tarde tomándola entre sus brazos.

—Oh, vamos, dijiste que debería parecer que vamos

en serio. Ahora tus amigos creen que estamos enamorados.

–Yo no tengo amigos –gruñó él–. Esta gente solo son conocidos.

Su contacto provocó una chispa en ella, haciéndola sentir por todo el cuerpo. Bailar con Mikolas era fácil. Se movían muy bien juntos. Viveka se dejó llevar por el momento, dejó que la música los atravesara haciendo que se movieran al unísono. La sostuvo en sus fuertes brazos y la cercanía resultaba deliciosamente estimulante. El corazón le dio un vuelco, temía estar empezando a sentir algo profundo por él.

En aquel momento apareció Clair a su derecha.

–Viveka, deja que te presente adecuadamente a mi marido, Aleksy Dmitriev.

Mikolas salió del rincón sofocante en el que le estaban ahogando sus emociones. Sabía que Viveka bromeaba cuando dijo aquello de estar enamorada, pero se sentía incómodo porque hubiera soltado aquella falsedad delante de esos buitres.

Por mucho que intentara no sentir nada por Viveka, no lo conseguía. Todo lo que había hecho desde que la conoció demostraba que sentía algo.

Intentó ignorar lo desarmado que le hacía sentirse y se centró en el momento de verse cara a cara con el hombre que llevaba dos años esquivándole.

Dmitriev parecía muy molesto. Tenía los labios apretados y la cicatriz de la cara muy blanca. Asintió con sequedad ante la cálida sonrisa de Viveka.

–¿Creías que te estaban robando? –bromeó ella.

–Se me pasó por la cabeza –Dmitriev miró a Mikolas con frialdad. «Al ver qué estaba contigo», parecía querer decir.

Mikolas mantuvo la cara de póquer mientras Viveka terminaba con las presentaciones, pero para sus adentros ondeó la bandera del triunfo porque Dmitriev se había visto obligado a acercarse a él.

Solo era una presentación, se recordó. Un gancho. No se podía pescar un pez tan gordo sin pelear.

–Tenemos que volver con los niños –estaba diciendo Clair–, pero quería volver a darte las gracias por tu ayuda.

–Ha sido un placer. Espero que volvamos a encontrarnos –contestó Viveka.

Mikolas tuvo que reconocer que se le daba muy bien aquel papel.

–Tal vez puedas añadirnos a tu red de donantes –sugirió Mikolas.

«Yo hago mis deberes», pareció decirle a Dmitriev con la mirada. Clair dirigía una fundación benéfica que trabajaba con orfanatos de toda Europa. Mikolas había estado esperando la oportunidad adecuada para utilizar aquella puerta.

–¿De verdad? –Clair se entusiasmó–. ¡Me encantaría!

Mikolas sacó una de sus tarjetas de visita y un bolígrafo y escribió los datos de Viveka en el reverso, diciéndose que debería encargarle a ella sus propias tarjetas en la imprenta.

–Te daría una de las mías, pero se me han acabado –reconoció Clair–. Me he pasado la noche hablando de la cena de recogida de fondos que voy a celebrar en París... ¿no estaréis ahí por casualidad a finales de mes? Podría poneros en la lista de invitados.

–Por favor, hazlo. Seguro que encontramos hueco –aseguró Mikolas.

Hablar en plural le resultaba extraño, pero se iba acostumbrando.

–Qué descarada soy, ¿no? –le preguntó Clair a su marido mirándolo con ojos culpables.

El rostro de granito de Dmitriev se suavizó un poco con algo parecido al afecto.

–Eres apasionada, esa es una de tus muchas cualidades. No te de disculpes por ello.

Sacó una de sus tarjetas de visita y le quitó a Mikolas el bolígrafo que todavía sostenía, ofreciéndole ambos a su esposa sin mediar palabra.

«Sé lo que estás haciendo», le dijo a Mikolas con la mirada mientras Clair escribía.

Aunque estaba claro que no le hacía mucha gracia dar su número directo, también resultaba obvio que lo hacía consciente y deliberadamente por su esposa.

Aquello despertó el respeto de Mikolas, porque a él todavía le dolía la mano del puñetazo que le había pegado a Grigor en la mandíbula. Y lo había hecho por Viveka.

No resultaba fácil reconoce que no importaba lo aislado que creyera estar un hombre. La mujer adecuada podría minarle completamente.

Aquella era la razón por la que Mikolas se negaba firmemente a permitir que Viveka se convirtiera en algo más que un capricho sexual. La única razón por la que estaba inquieto era porque todavía no habían tenido relaciones sexuales, se dijo. Cuando la hiciera suya el ansia no seguiría nublándole la mente.

–Para esto habíamos venido –dijo cuando la otra pareja se marchó señalando la tarjeta que Viveka estaba a punto de guardar en el bolso–. Ya podemos irnos nosotros también.

Mikolas miró el papel que le dio el portero cuando llegaron explicándole que debía llamar a la policía por la mañana para hacer una declaración. No hablaron hasta que estuvieron en el ático.

–Llevaba tiempo tras el número personal de Dmitriev. Lo has hecho muy bien –le dijo a Viveka cuando se acercó al bar a servir dos copas.

–No he hecho nada –murmuró ella contenta con el halago. Necesitaba la aprobación de los demás más que la mayoría de la gente, porque la habían tratado como una molestia durante muchos años.

–A ti te resulta fácil. No te importa hablar con la gente –comentó dejando a un lado la botella y pasándole uno de los vasos–. ¿Lo quieres con agua?

–Hace años que no tomo ouzo –murmuró inhalando el aroma del licor–. No tendría que haberlo probado cuando lo hice. Era demasiado joven. *Yiamas*.

Mikolas se tomó la mayor parte del suyo de un trago sin apartar la mirada de la suya.

–¿Qué decías? –aquel hombre le vaciaba la mente con suma facilidad–. ¿Que no te gusta hablar con la gente? Entonces odiarás este tipo de fiestas.

–Así es.

–¿Por qué?

–Por muchas razones –Mikolas se encogió de hombros y dejó a un lado el vaso–. Mi abuelo tenía muchas cosas que ocultar cuando fui a vivir con él. Yo era demasiado joven para estar seguro de mis propias opiniones y no le contaba a nadie cosas sobre mí mismo. Ahora que soy adulto estoy rodeado de personas muy superficiales que se quejan por tonterías y no tengo ningún interés por lo que cuentan.

–¿Debería sentirme halagada porque hablas conmigo? –bromeó Viveka.

–Intento no hacerlo –murmuró Mikolas.

A Viveka le dolió el corazón. Quería saberlo todo sobre él.

Mikolas le clavó la vista en el escote. Estiró la mano para apartarle el pelo del hombro.

–Llevas toda la noche con un trocito de purpurina aquí –dijo tocándolo con el dedo.

Fue un simple roce, un comentario insustancial, pero la dejó devastada. Todo su interior tembló y se quedó muy quieta, con todo su ser centrado en el modo en que Mikolas intentó quitarle la mota de la piel.

Detrás de él, las lámparas arrojaban luces ámbar contra las ventanas negras. La piscina brillaba con un azul espectral al fondo. Parecía que Mikolas irradiaba un fulgor, pero tal vez fuera una ilusión óptica.

Viveka sintió un anhelo doloroso. Era algo familiar, pero ahora le afectó todavía más. Durante mucho tiempo había querido tener un hombre en su vida. Quería alguien en quien pudiera confiar, alguien a quien besar, tocar y dormir a su lado. Quería intimidad, física y emocional.

Nunca esperó sentir un deseo corporal así. No creyó siquiera que existiera, ni que pudiera abrumarla de tal modo.

¿Cómo podía sentir tanta atracción hacia un hombre que se mostraba tan ambivalente respecto a ella? Resultaba insoportable.

Pero cuando Mikolas le quitó el vaso y lo dejó a un lado, no se resistió. Le mantuvo la mirada cuando le sostuvo la cara con las manos. Y esperó.

Mikolas deslizó la vista hacia sus labios. Sintió que se le hinchaban por la emoción.

Viveka le miró la boca sin pensar en nada más que cuánto deseaba sus besos. Los labios de Mikolas tenían una forma preciosa, eran gruesos pero inconfundiblemente masculinos. Se los humedeció con la punta de la lengua y luego inclinó la cabeza acercándose más.

El primer roce de sus labios húmedos contra los suyos hizo que se estremeciera para liberar la tensión y al mismo tiempo se puso tensa. Gimió en gesto de rendición cuando sus manos le acariciaron los antebrazos y luego le rozaron la tela del vestido.

Entonces Mikolas abrió más la boca sobre la suya y fue como un trago directo de ouzo que le quemó el centro del cuerpo haciendo que se sintiera borracha. Los besos largos y profundos la iban sumiendo cada vez más en un letargo hasta que Mikolas se retiró y Viveka se dio cuenta de que ella le había puesto una mano en la nuca y con la otra le estaba agarrando la tela debajo de la chaqueta.

Mikolas la soltó lo suficiente para poder sacarle la chaqueta y aflojarle la corbata y luego volvió a atraerla hacia sí.

Ella sentía la cabeza demasiado pesada para el cuello y la apoyó en los dedos que le estaban acariciando el pelo. Mikolas volvió a besarla, esta vez con más fuerza, revelando la profundidad de la pasión que había dentro de él. La agresión. Resultaba aterradora como una tormenta y un vendaval, y también igual de inspiradora. Viveka se agarró a él y gimió sometiéndose. No solo a él, sino también a su propio deseo.

Acercaron más los pies el uno al otro, apretándose a través de la piel y la ropa de modo que sus células pudieran ser una.

El embate de su erección le presionó el estómago y Viveka experimentó una punzada de conflicto. Aquel momento era demasiado perfecto. Se sentía demasiado bien al ser abrazada así y no quería estropearlo con confesiones humillantes sobre su defecto para recibir un trato especial. Sentía demasiadas cosas por Mikolas, entre ellas gratitud por el modo en que la protegía y por cómo la había rescatado del mar cuando ni siquiera sabía su nombre.

Se moría por compartir algo con él, así era desde el momento en que le vio. «Ten cuidado», se dijo. El sexo era algo poderoso. Y ya era bastante sensible a Mikolas.

Pero no podía dejar de tocarle. Deslizó las manos para sentir su virilidad, trazándola a través de los pantalones. Fue un movimiento muy osado por su parte, pero estaba como en trance. Sentía curiosidad y estaba embelesada. Una parte de ella deseaba desesperadamente saber cómo complacer a un hombre, a aquel hombre en particular.

Mikolas contuvo el aliento y todo su cuerpo se endureció. Apretó los músculos como si estuviera preparándose para hundirse en ella y la levantó contra su pecho.

Viveka se retiró.

Los brazos de Mikolas se crisparon en protesta, pero dejó que mirara en el punto en que su erección presionaba la parte delantera de sus pantalones. Estaba realmente excitado. Viveka se humedeció los labios, no tenía muy claro qué quería hacer pero quería hacerlo.

Le desabrochó el cinturón.

Las manos de Mikolas se desplazaron hacia la caída de su melena. Le acarició la espina dorsal para desabrocharle la parte de atrás del vestido.

El aire fresco dio vueltas alrededor de la cintura y el vientre se le agarrotó por los nervios. Viveka tragó saliva, consciente de sus senos cuando se le aflojó el corpiño y se le apretó contra los pezones desnudos. Se estremeció cuando las yemas de los dedos de Mikolas le acariciaron la espalda desnuda. Le temblaron las manos cuando le quitó la camisa y le desabrochó torpemente los botones, abriéndola luego para poder admirar su pecho.

Apretó la cara contra su piel y la frotó, absorbiendo

la sensación con las cejas y los labios, aspirando su aroma, demasiado conmovida para sonreír cuando Mikolas dijo algo con voz tirante y deslizó la mano bajo su vestido para marcarle el trasero con la palma caliente.

Viveka abrió la boca sin querer y la acercó hacia el pezón de Mikolas. Exploró su forma con la lengua y escuchó otra palabrota contenida, y luego se dirigió al otro apartando la boca.

–Dormitorio –gruñó Mikolas bajándole el vestido hasta la cintura apoyando luego los pulgares en sus caderas mientras la colocaba un paso atrás.

Mareada al ver lo mucho que se estaba excitando, Viveka sonrió, satisfecha al ver el brillo de sus ojos y el sonrojo de sus mejillas. Aquella aumentaba su tímida confianza. Le puso las manos en el pecho y dejó que su mirada vagara hacia la butaca, urgiéndole en silencio hacia allí.

Mikolas dejó que tomara el mando porque estaba completamente fascinado. Se negaba a llamarlo debilidad, aunque sin duda estaba bajo algún tipo de hechizo. Sabía que dentro de Viveka había una mujer sensual que gritaba para ser liberada. Pero no esperaba aquello.

Tampoco era una manipulación. No había sonrisas astutas ni miradas resabiadas cuando deslizó las rodillas entre las suyas y le besó el cuello, acariciándole el torso de modo que Mikolas apretó las abdominales bajo el contacto de sus yemas. Estaba concentrada y maravillada, se mostraba tímida pero genuinamente excitada. Resultaba erótico ser deseado de aquel modo. Iba más allá de la excitación.

Cuando terminó de abrirle los pantalones, a Mikolas le hizo cortocircuito el cerebro. Apenas fue consciente de que levantó las caderas para que ella pudiera dejarlo todavía más expuesto. El sollozo de deseo que salió de labios de Viveka fue como el canto de una sirena para los antiguos marineros. Estuvo a punto de estallar allí mismo.

Estaba excitado y ansioso, tan caliente que quería arrancarse a sí mismo la ropa, pero estaba como hipnotizado. Se agarró al brazo de la butaca con una mano y al respaldo con la otra para intentar controlarse.

No debería dejar que Viveka le hiciera aquello, pensó vagamente. Su disciplina estaba hecha jirones. Pero ahí radicaba el poder de Viveka. No fue capaz de detenerla en aquel momento. Esa era la pura verdad.

Ella le tomó con la mano, con tacto ligero, sus pálidas y bonitas manos contra la oscura tensión de su piel. Estaba tan duro que pensó que se iba a romper, tan excitado que no podía respirar, y tan fascinado que solo podía quedarse quieto y mirar con los ojos entornados cómo Viveka bajaba la cabeza.

Gimió en voz alta cuando su melena le rozó la piel expuesta y su boca húmeda le tomó. Todo su mundo se redujo a la punta de su sexo. Fue la sensación más exquisita del mundo y estuvo a punto de acabar con él. Viveka siguió con aquel gesto tierno y lascivo hasta que Mikolas se quedó jadeando y sin poder apenas hablar.

–No puedo contenerme –consiguió decir apretando los dientes.

Ella alzó la cabeza lentamente con las pupilas completamente abiertas, la boca hinchada y brillante por los besos que se habían dado.

–No quiero que lo hagas –su cálido aliento se mezcló con su piel húmeda, afectando a todas sus terminaciones nerviosas y llevándole a un punto que terminó cuando ella sacó la lengua y le lamió la poca voluntad que le quedaba.

Mikolas se entregó a ella. Se dijo a sí mismo que aquello era por los dos. Le quedaría vigor después de aquello. La haría disfrutar, tanto como ella a él. Nada podría ser mejor, pero es que esto...

El universo hizo explosión y Mikolas lanzó un grito de alivio hacia el techo.

Capítulo 9

VIVEKA se llevó la parte delantera del vestido al pecho y se miró al espejo. Estaba sonrojada y tenía un poco de vergüenza. No podía creer lo que acababa de hacer, pero no se arrepentía. Había disfrutado dándole placer a Mikolas. Había sido extraordinario.

Lo necesitaba también por ella. No era un desastre en el dormitorio después de todo. O en la butaca, se dijo con una sonrisa.

Le temblaba la mano cuando se quitó las horquillas del pelo. El orgullo dio paso al instante a la frustración sexual y la vergüenza. Incluso a un punto de desolación. Si no fuera tan cobarde, si no tuviera miedo de perderse por completo podrían haber encontrado alivio juntos.

Pero ser generosa resultaba satisfactorio a otros niveles. Mikolas podría agradecerle a ella que hubiera impedido la boda y le hubiera ahorrado unos dólares, pero Viveka estaba profundamente agradecida por el modo en que él la había encontrado digna de protección y de salvación.

Se abrió la puerta del baño que ella había dejado entreabierta y le dio un vuelco al corazón.

Mikolas adoptó una postura indolente que le provocó una cruel punzada de deseo carnal. La camisa abierta le colgaba de los hombros, enmarcando el suave camino de vello que le recorría el esternón. Tenía los pantalones desabrochados y colgados de la cadera, dejando al descubierto la fina hilera de vello del ombligo.

–Estás tardando mucho –le dijo con un tono que la hizo estremecerse.

Aquellas palabras fueron como un puñetazo sensual que le provocó una nueva oleada de calor.

–¿Para qué? –Viveka sabía a qué se refería, pero ella ya se había ocupado de sus necesidades. Habían terminado, ¿no? Si hubiera tenido relaciones sexuales antes no se sentiría tan insegura.

–Para terminar lo que has empezado.

–Tú has terminado. No puedes... –¿estaba duro otra vez? Parecía que los bóxers empezaban a estirarse de nuevo.

Viveka conocía algunos conceptos básicos de biología. Sabía que había alcanzado el clímax, entonces, ¿qué estaba pasando?

–No puedes... los hombres no... otra vez. ¿O sí? –se sonrojó y se reprendió a sí misma por su falta de experiencia.

–Esta vez duraré más –le prometió–. Pero no quiero esperar. Ven a la cama ahora mismo o te tomaré aquí contra el lavabo.

Oh, ella nunca sería tan osada. Jamás. Y menos para su primera vez.

–No –Viveka se subió el hombro del vestido y dobló los brazos hacia atrás para cerrarlo–. Tú has acabado. Ya está –tenía el rostro encendido, pero por dentro se estaba enfriando.

Mikolas se incorporó en el marco de la puerta.

–¿Qué?

–No quiero tener relacione sexuales –no era del todo cierto. Se moría por entender la mística que se escondía tras aquel acto, pero la sugerencia del lavabo le había hecho darse cuenta de lo inexperta que era en aquel tema. Cuanto más pensaba en ello, más pánico le entraba.

Se cerró la cremallera y luego se cruzó de brazos. Dio un paso atrás aunque él no se le había acercado.

Mikolas frunció el ceño.

–¿No quieres sexo?

¿Estaba sordo?

–No –le aseguró Viveka.

Dio con la espalda contra el toallero, estaba tremendamente incómoda. Señaló hacia la puerta que él estaba bloqueando.

–Puedes irte.

Mikolas no se movió, se limitó a cruzarse también de brazos y a balancearse sobre los talones.

–Explícame esto. Y usa palabras normales, porque no entiendo lo que ha pasado en la butaca y aquí ahora.

–No ha pasado nada –Viveka no podía soportar que Mikolas dejara en evidencia su ineptitud–. Creí... creí que te había dado lo que querías. Si pensabas que...

«No llores», se dijo. Oh, cuánto odiaba a su cuerpo en aquel momento. Aquel estúpido cuerpo que había llevado su vida tan lejos que ni siquiera entendía por qué estaba allí teniendo aquella espantosa conversación.

–¿No puedes irte y ya? –Viveka lo miró con rabia por hacer aquello tan difícil para ella, pero le ardían los ojos. Seguro que los tenía rojos. Si la obligaba a contárselo y luego se reía...

Mikolas se quedó donde estaba un instante más buscándole la mirada antes de retirarse despacio cerrando la puerta tras de sí. El clic sonó tremendamente fatalista.

Viveka avanzó y cerró con pestillo, no porque tuviera miedo de que él entrara en busca de sexo, sino porque no quería que la pillara llorando.

Abrió el grifo de la ducha.

Mikolas estaba sentado en la oscuridad tomándose un ouzo cuando escuchó cómo se abría la puerta de Viveka.

Él mismo la había cerrado una hora atrás cuando fue a ver cómo estaba y la encontró en la cama de invitados con el pelo envuelto en una toalla y vestida con una de sus batas de seda negra.

Se había dormido rápidamente con sus magníficas piernas desnudas hasta el muslo y un pañuelo de papel en la mano. Había varios más tirados en el suelo hechos bolas.

En lugar de tranquilizarse, en lugar de responder a alguna de las miles de preguntas que le rondaban por la mente, la escena provocó que su tumulto interior se expandiera por todas direcciones. ¿Tan mal se le daba juzgar las necesidades de una mujer? ¿Por qué sentía que se había aprovechado de ella? Viveka le había abierto los pantalones en aquella misma butaca. Se había inclinado sobre él y le había dicho que se dejara ir.

Cuando entró a buscarla al baño estaba muy excitado, convencido de que se la encontraría desnuda y esperándole. Cada célula de su cuerpo estaba alerta.

Pero no había salido así en absoluto.

Viveka se sentía amenazada.

Él era un hombre fuerte y dominante. Lo sabía y por eso intentaba contener un poco su naturaleza agresiva en el dormitorio. Sabía lo que era verse sometido y brutalizado por alguien más poderoso. Él nunca haría algo así.

Le venían imágenes de la delicada Viveka mirándolo con ansiedad cuando se dio cuenta de que todavía estaba excitado. Pensó en su miedo a Grigor. Desde entonces tenía un nudo en el estómago.

Escuchó los pasos descalzos de Viveka acercándose y pensó que no podía culparla por intentar escabullirse de él.

Viveka se detuvo cuando llegó al final del pasillo, sin duda se percató de su figura en la sombra. Se había puesto el pijama y se había recogido el pelo con una pinza. Se colocó un mechón suelto detrás de la oreja.

–Tengo hambre. ¿Quieres una tostada? –no esperó la respuesta de Mikolas, pasó por delante de él en dirección a la cocina.

Él la siguió despacio.

Viveka encendió la luz de encima del horno y le dio la espalda mientras llenaba el hervidor de agua en el fregadero. Luego lo encendió, se dirigió a la nevera y encontró un trozo de pan congelado,

Sin dejar de darle la espalda, cortó cuatro rebanadas y las puso en la tostadora.

–Viveka.

Su esbelta espalda se estremeció al escuchar su voz.

A él le pasó lo mismo. Lo que estaba pensando le atravesaba el corazón. Sangraba por dentro desde que se le ocurrió la explicación más lógica unas horas atrás. Cuando alguien reaccionaba de un modo tan defensivo al contacto sexual, la explicación resultaba realmente obvia.

–Cuando dijiste que Grigor había abusado de ti... –Mikolas no era un cobarde, pero no quería hablar claro. No quería oírlo–. ¿Llegó a...?

Viveka lamentó que Mikolas siguiera despierto. Le hubiera gustado no tener que volver a verse cara a cara con él, pero no podía librarse de tener que contestar aquella pregunta.

Hundió la cara entre las manos.

–No, para nada. No se trata de eso.

No quería enfrentarse a él, pero no le quedaba más remedio. Se dio la vuelta y apoyó la espalda contra el mueble de cocina que tenía detrás.

–Por favor, no te rías –eso era lo que había hecho el otro hombre al que se lo había contado. Se sintió tan vulnerable que no era de extrañar que no fuera capaz de llegar hasta el final con él.

Se atrevió a mirar de reojo a Mikolas. Se había abrochado un par de botones, pero seguía teniendo la camisa abierta por encima de los pantalones. Estaba despeinado y parecía cansado. Preocupado.

–No me reiré –no había dormido a pesar de que eran más de las dos de la mañana. Por alguna razón, aquello enterneció el corazón de Viveka.

–No fui una adolescente muy feliz, obviamente –comenzó a decir–. Hice lo mismo que muchas chicas descorazonadas. Busqué un chico para que me salvara. Había uno muy simpático que tenía un gran corazón. No puedo decir que lo amara, pero me gustaba. Empezamos a vernos a espaldas de Grigor. Transcurrido un tiempo, pareció que había llegado el momento de tener relaciones sexuales.

La tostadora emitió unos cuantos sonidos. Viveka se mordió el labio inferior.

–A los catorce años es muy pronto, soy consciente de ello. Y al no sentir nada especial por él... no es de extrañar que no funcionara.

–No funcionó –repitió Mikolas como si estuviera diciendo palabras que no conociera.

Viveka cerró los ojos.

–No podía. Me dolía demasiado y le pedí que parara. Por favor, no te reías –se apresuró a añadir.

–No me estoy riendo –la voz de Mikolas sonó grave–. ¿Me estás diciendo que eres virgen? ¿No volviste a intentarlo nunca?

–Oh, sí –Viveka miró al cielo y sintió una punzada.

Empezó a buscar el té y la mantequilla para intentar escapar de aquella humillación.

–Mi vida se complicó bastante durante algún tiempo. Grigor descubrió que había estado viendo a aquel chico y que fui a la policía para lo de mi madre. Me echó y me mudé a Londres. Aquello fue un choque cultural. El clima, la ciudad. Tía Hildy tenía muchas normas. Hasta que no terminé bachillerato no volví a salir con nadie. Era un chico del trabajo. Muy dulce. Ahora me doy cuenta de que era un seductor, pero me dejé engatusar.

Saltó la tostada y Viveka se tomó su tiempo para ponerle la mantequilla.

–Se rio cuando le expliqué por qué estaba tan nerviosa –continuó mientras seguía untando la tostada–. Estaba decidido a ser el primero. Nos besábamos y nos tocábamos, pero siempre me presionaba para llegar hasta el final. Yo quería tener sexo, se supone que es algo estupendo, ¿no?

Silencio.

–Finalmente le dije que podíamos intentarlo, pero me hizo mucho daño. Dijo que era lo normal y no quiso parar. Yo me enfadé y le eché. No hemos vuelto a hablar desde entonces.

–¿Sigues trabajando con él?

–No, era un trabajo que tenía hace mucho tiempo –Viveka untó de mantequilla la otra tostada para no tener que mirarlo y ver su reacción–. ¿Te estás riendo? –preguntó con un hilo de voz.

–En absoluto –la voz de Mikolas sonaba muy lejana–. Estoy pensando que ni en un millón de años habría adivinado que se trataba de esto. Nada en ti se ajusta a lo que hacen las demás personas. No tenía sentido que me dieras placer y no quisieras recibirlo a cambio. No imaginaba por qué no querías sexo.

–Sí quiero sexo –afirmó ella agitando una mano con gesto de frustración–. Lo que no quiero es que me duela –se dio la vuelta y le puso a Mikolas el plato con la tostada evitándole la mirada.

El hervidor silbó entonces, dándole a Viveka un respiro cuando se dispuso a preparar el té. Luego se sentó en un taburete de la isla central de la cocina, lo más lejos posible de él.

No fue capaz de probar bocado. Tenía el cuerpo frío y caliente, sus emociones iban de la esperanza a la desesperación.

–Tenías miedo de que no me detuviera si lo intentábamos. Que sepas que lo haría –prometió con tono solemne–. En cualquier momento.

Un atisbo de esperanza se apoderó de Viveka, pero sacudió la cabeza.

–No quiero ser un proyecto –aseguró echándose azúcar en el té–. No podría soportar otro intento humillante. Y sí, he ido al médico. No me pasa nada. Solo soy... especialmente... –suspiró–. ¿Podemos dejar de hablar de esto?

Mikolas se metió las manos en los bolsillos.

–No estoy intentando convencerte de nada. Esta noche no. A menos que tú quieras –murmuró pasándose una mano por el pelo–. No te diría que no. No eres un proyecto, Viveka. Te deseo mucho.

A ella se le llenaron los ojos de lágrimas.

–No puedo evitar el modo en que reacciono ante ti –reconoció–. Esta noche lo habría intentado si hubiera pensado que iba a salir bien, pero...

Aquello era absurdo. No le quedaban lágrimas dentro, las había derramado todas antes.

–Quería que te gustara –continuó abriendo el corazón–. Quería saber que era capaz de satisfacer a un hombre, pero no. Ni siquiera fui capaz de eso. Seguías estando duro, y...

Mikolas murmuró algo entre dientes y dijo:

–¿De verdad eres tan inocente? Sí me diste satisfacción. Me dejaste loco. Muerto. No tengo palabras para expresar lo mucho que me gustó –se dirigió hacia la butaca–. Mi deseo hacia ti es tan fuerte que volví a excitarme al pensar en hacerte a ti lo mismo. Por eso estaba duro otra vez.

Si no pareciera tan incómodo al admitirlo, a Viveka le hubiera costado trabajo creerlo.

–Cuando estábamos en el yate dijiste que te excitaba que respondiera a ti –a Viveka le dolió el pecho–. Si la atracción es tan fuerte para ti, ¿por qué no quieres que lo sepa? Hasta que salimos esta noche actuaste como si pudieras tomarlo o dejarlo. Para ti no es lo mismo que para mí, Mikolas. Por eso creo que no funcionaría.

–Nunca me ha gustado estar en desventaja. Hemos hablado de cosas complicadas. Necesitaba espacio.

–Pero si los dos estamos igual al sentir esto, si nos atraemos, ¿Por qué no quieres que yo lo sepa?

–Porque eso no supone ninguna ventaja, ¿verdad?

Aquella actitud de dominio sin asomo de clemencia le atravesó los huesos a Viveka.

–Alguna vez me tienes que contar qué se siente –murmuró ella–. Me refiero a contar con ventaja. Es algo que no he tenido el placer de experimentar. Y tampoco es algo con lo que quiera irme a la cama, sinceramente.

Mikolas se rio entonces, pero con amargura.

–A mí me pasa lo mismo –se marchó de allí dejando la tostada y el té sin tocar.

Mikolas estaba intentando ignorar el modo en que Viveka Brice había convertido su vida en un parque de

atracciones. Primero era la sala de los espejos distorsio-
nados, luego la montaña rusa que le subía la tensión
para luego arrojarle a un valle escarpado que no había
visto.

No dejaba de pensar en volver a casa. Era un instinto
básico y animal. Cuando estuviera otra vez en su propia
cueva, con la seguridad de las cosas familiares a su alrededor, todo se asentaría. Volvería a tomar el control.

No podía decir que escuchar la noche anterior los
detalles de las desventuras sexuales de Viveka le hubiera proporcionado algún alivio. Imaginarla desnuda
con otros hombres le enfurecía, pero al menos no estaba marcada por la espantosa brutalidad que había
imaginado.

Por otro lado, cuando por fin se abrió, la desnudez
de su expresión le resultó difícil de presenciar. Era
fuerte, valiente y demasiado sensible. Su inseguridad le
había conmovido. El extraño sentido de protección que
había despertado en él se elevó. Deseaba calmar sus
miedos, tranquilizarla. Había terminado delatándose a
sí mismo de tal modo que se sentía al descubierto.

Y no era una sensación cómoda en absoluto.

No había sido capaz de dormir. En parte por el deseo
que sentía en el cuerpo, que buscaba alivio en el de
Viveka. Anhelaba demostrarle cómo podían ser las cosas entre ellos. Al mismo tiempo, su mente no dejaba
de dar vueltas a todo lo que había sucedido entre ellos
desde que Viveka entró en su vida.

–¿Vas a traerme de regreso a tiempo? ¿Qué es eso?
–Viveka estaba mirando por la ventanilla del helicóptero.

Mikolas se inclinó para mirar. Se estaban acercando
a la mansión y a las ruinas del acantilado.

–Esa es la torre en la que te quedarás encerrada el
resto de tu vida.

–No dejes tu trabajo actual por el mundo de la comedia.

Su respuesta le hizo sonreír. Había descubierto que Viveka utilizaba las bromas como defensa, del mismo modo que él intentaba imponer el control sobre cada situación.

–La construyeron los venecianos –Mikolas miró su rostro tan cercano al suyo, sus labios desnudos. Olía a té, a rosas y a mujer. Quería comérsela viva.

Viveka no podía pensar en nada más que en el calor de su rostro y en el olor de su loción para después del afeitado.

–Mantuvimos las ruinas lo mejor que pudimos. Como nos gastamos una fortuna, nos permitieron construir encima de ellas.

Viveka se forzó a mirar hacia allí y se quedó maravillada. La moderna mansión situada en lo alto del acantilado le llamó la atención al instante. Tenía vistas impresionantes por todas partes y el diseño ultramoderno resultaba único y fascinante, con ángulos extraños y al mismo tiempo perfectamente equilibrados. Era sólida y sofisticada a la vez.

Unos minutos más tarde aterrizaron y ella le siguió hasta el interior. No esperaba encontrarse algo así a pesar de todo lo que había visto del modo de vida de Mikolas hasta el momento. La entrada le pareció lo máximo, con sus suaves columnas de mármol y la escalera de caracol.

Subieron por ella hasta el rellano, que tenía vistas al oeste.

Viveka se detuvo y tuvo la extraña sensación de que estaba mirando hacia una vida que ya no le pertenecía, que era una recuerdo borroso. Y la idea no fue como un cuchillo que cortara para apartarla del pasado, sino como algo que la anclaba allí, al bastión de Mikolas.

Se frotó los brazos al sentir un escalofrío sobrenatural y miró a Mikolas a los ojos mientras él esperaba a que subiera otro piso más.

La planta más alta se abría a una sala rodeada de paredes de cristal. Allí estaban en la cima del mundo. Viveka tuvo la sensación de haber llegado al hogar de los dioses, el Monte Olimpo.

Había un jacuzzi en la terraza, unas tumbonas y una pequeña zona para comer. Viveka se quedó dentro mirando el espacio abierto con un rincón para desayunar, zona de estar con chimenea y un despacho con un impresionante escritorio con dos monitores planos e impresora.

Mientras seguía explorando, escuchó a Mikolas diciéndole su nombre a alguien. Se dirigió a una puerta abierta de la que salió un joven uniformado. La saludó con una inclinación de cabeza, se presentó como Titus y desapareció escaleras arriba.

Viveka echó un vistazo a la habitación. Era el dormitorio de Trina. Tenía que serlo. Había flores frescas, velas sin encender al lado de un cubo con champán en hielo, copas de cristal y una caja de bombones. Las paredes exteriores eran completamente de cristal.

–Oh, Dios mío –jadeó cuando Mikolas abrió la puerta del vestidor. Era una tienda de ropa en pequeño. La pared del fondo estaba toda cubierta de zapatos–. Odio tener que decirte esto, pero tengo un número de pie mayor que el de Trina.

–Una de tus primeras tareas será revisar todo el vestuario para que la modista pueda arreglar lo que sea necesario. Los zapatos se pueden cambiar –afirmó Mikolas encogiéndose de hombros.

El vestidor era grande, pero demasiado pequeño para que cupieran los dos en él.

–Cámbiate para ir a comer con mi abuelo. Pero no tardes mucho.

–¿Tú dónde vas? –preguntó Viveka asomando la cabeza y viendo cómo cruzaba un par de puertas dobles que llevaban al otro lado de su dormitorio.

–A mi habitación –Mikolas abrió una de las puertas dobles y dejó al descubierto lo que ella había pensado al principio que era una sala privada. Pero tenía una cama.

Movida por la curiosidad, cruzó para seguirle hasta el baño. Aunque era más bien un spa de última generación. En el centro había una enorme bañera redonda.

–Guau –Viveka se giró lentamente para asimilar tanto lujo, asombrada cuando vio que había un pequeño bosque que crecía en una roca de jardín bajo un tragaluz. Un par de piedras planas llevaban a la zona de ducha que estaba contra la pared del fondo. Había boquillas en las paredes de azulejo preparadas para rociar agua en todos los niveles y direcciones, incluido el techo.

–De modo que así es como vives –murmuró Viveka llevándose la mano a la boca.

–Y ahora tú también. ¿Podrás estar lista en veinte minutos? –preguntó Mikolas.

–Por supuesto –aseguró ella–. A menos que me pierda en el bosque de camino a mi habitación.

Mi habitación. Aquello había sido un desliz. Bajó la vista al suelo de mosaico y caminó por su zona del baño hasta su habitación.

Mientras se planteaba si ponerse una falda plisada o un vestido de flores sin mangas cayó en la cuenta de lo que significaba compartir baño: Mikolas podría aparecer y encontrársela desnuda en cualquier momento.

Capítulo 10

VIVEKA no tenía muy claro cómo esperaba que fuera el abuelo de Mikolas. ¿Un capo de la mafia como los de las películas americanas? ¿O como los ancianos griegos de los pueblos, con su camisa de cuadros y la boina?

Erebus Petrides era la auténtica imagen de un caballero vestido de traje. Tenía un poblado bigote blanco y una postura erguida a pesar de apoyarse en el bastón que utilizaba para caminar. No se parecía mucho a Mikolas, pero compartían los mismos ojos color plata y tenían el mismo tono de voz autoritario y fuerte.

–Parece muy simpático –comentó Viveka cuando Erebus se retiró a echarse una siesta después de comer.

Mikolas le estaba enseñando el resto de la casa. Habían salido a la piscina, donde había una especie de tienda árabe en la parte en la que el mar Jónico brillaba en el horizonte.

–No me habría salvado si no hubiera demostrado ser su nieto –murmuró Mikolas apretando los dientes–. Ven, quiero enseñarte algo más.

La tomó de la mano y la guio hacia el interior de la casa. Cruzaron la cocina y bajaron por las escaleras de servicio hasta llegar a una estancia fresca. Mikolas encendió las luces y dejó al descubierto un gimnasio profesional con bicicleta, cinta de correr, elíptica y todo tipo de pesas.

–Nos encontraremos aquí todos los días a las seis de la mañana –le informó Mikolas.

–Lo dudo –murmuró ella.

–Vuelve a decir eso y será a las cinco.

–¿Estás hablando en serio? –Viveka torció el gesto–. Por el amor de Dios, ¿para qué? Hago cardio todos los días, pero prefiero entrenar por la noche.

–Voy a enseñarte a boxear –Mikolas le levantó la barbilla con el dedo y le deslizó el pulgar por la zona del labio en la que Grigor le había dejado la marca–. Esto no volverá a pasar. No sin que tu oponente descubra enseguida que se está peleando con la mujer equivocada.

Mikolas estaba muy cerca, le estaba tocando la cara y mirándola a los ojos.

Viveka había pensado que proporcionarle placer liberaría algo de la tensión sexual que había entre ellos. Pero todo lo que se habían confesado hacía que las cosas fueran mucho peor. El tirón era más profundo. Mikolas sabía cosas de ella. Cosas tremendamente personales.

Viveka se apartó y rompió todo contacto. Trató de controlarse mientras asumía lo que él le estaba diciendo.

–No dejas de sorprenderme. Creí que era un... delincuente duro –reconoció ofreciéndole una mirada de disculpa–. Pero eres un encanto por querer enseñarme a defenderme.

–¿Te gusta sentirte indefensa? –inquirió Mikolas.

–No –murmuró ella con voz atragantada. La idea de verse a su merced le resultaba humillante.

–Entonces baja aquí a las seis dispuesta a trabajar.

¿En qué estaba pensando? Se preguntó Mikolas a la mañana siguiente. Aquello era un infierno.

Viveka se presentó con unas mallas color púrpura por debajo de la rodilla. La tela se ajustaba lo suficiente para acentuar cada curva de sus muslos. Se quitó la camiseta rosa cuando calentaron con un poco de cardio, dejando al descubierto el paisaje único de su abdomen. Ahora llevaba únicamente un sujetador deportivo azul que le elevaba los senos y dejaba al descubierto sus cremosos hombros.

Estaba tan distraído por el deseo que le iban a pegar un puñetazo. Se lo merecería. Les había dicho a los dos guardias que estaban usando el gimnasio que podían quedarse. Estaban uno frente al otro levantando pesas mientras Mikolas sostenía a Viveka para indicarle la postura y le enseñaba a pegar. Olía a champú y a sudor de mujer.

–Te estás conteniendo porque tienes miedo de hacerte daño –le dijo cuando ella le pegó en la palma de la mano. Le corrigió la muñeca–. Los humanos hemos desarrollado una estructura ósea aquí para aguantar el impacto de un puñetazo.

–No tengo los huesos tan grandes como tú –protestó Viveka–. Me haría daño en una pelea de verdad. Sobre todo si no tengo esto –levantó el brazo para mostrarle el lugar en que Mikolas le había vendado las manos para protegérselas.

–Tal vez incluso te rompas la mano –reconoció él con sinceridad–. Pero eso es mejor que perder la vida, ¿no crees? Quiero verte pegando al saco dos veces al día durante media hora. Acostúmbrate a sentir la conexión para no vacilar cuando sea de verdad. Aprende a usar la mano izquierda con tanta fuerza como la derecha.

Viveka frunció el ceño mientras se concentraba para volver a pegarle en las palmas. Al menos se lo estaba tomando en serio.

Le dio un puñetazo descentrado y cayó tropezando encima de él.

–Lo siento. Me estoy cansando –jadeó Viveka.

–Yo no estaba prestando atención –reconoció Mikolas ayudándola a incorporarse.

Maldición, si no se mantenía alerta los dos iban a hacerse daño.

Viveka seguía temblando tras el entrenamiento más duro de toda su vida. Sentía los brazos como de goma y necesitaba la ayuda de la modista para que la ayudara a vestirse mientras repasaban los vestidos del armario. Habría mandado a Mikolas al diablo por el castigo de aquella mañana, pero entonces llegó el fisioterapeuta del abuelo para darle un masaje por orden de Mikolas.

–Ha dicho que necesitarás uno cada día durante al menos una semana.

Viveka se dejó caer sobre la camilla, gimió de placer y luego regresó al gimnasio aquella tarde para pasarse otra media hora golpeando aquel maldito saco.

–Ya te acostumbrarás –le dijo Mikolas sin ninguna compasión durante la cena, cuando ella apenas podía levantar el tenedor.

–Yo creo que esto no es necesario, ¿verdad? –le reprendió Erebus a Mikolas cuando su nieto le explicó por qué Viveka estaba tan agotada.

–Ella quiere aprender, ¿verdad? –el tono de Mikolas la retaba a contradecirla, pero no estaba exigiendo que le diera la razón delante de su abuelo. Se lo estaba pidiendo con sinceridad.

–Así es –admitió Viveka con un suspiro, aunque lo último que deseaba en el mundo era verse envuelta en una pelea a puñetazos. Pero no pudo evitar preguntarse si Grigor habría sido tan rápido para darle si ella le hubiera devuelto el golpe. Nunca se atrevió por temor a empeorar las cosas.

El entrenamiento que le preparó Mikolas en el gimnasio fue duro. Parecía confiar en su capacidad para aprender a defenderse si practicaba. Y eso la animaba mucho.

Y la hacía sentirse agradecida. Y sí, en el fondo también quería que se sintiera orgulloso de ella. Quería demostrarle de lo que era capaz. Y demostrárselo a sí misma.

Por supuesto, la otra cara de aquel ser valiente era la certeza de que era una cobarde en lo que al sexo se refería. Quería ser competente también en ese terreno.

La música estaba baja cuando entraron en la sala del ático un poco más tarde, el fuego ardía en la chimenea y había una botella de vino y copas esperándoles. Más allá de las ventanas brillaban las estrellas en el cielo de terciopelo negro y la luz de la luna se reflejaba en el mar.

¿Lo había planeado todo Mikolas para seducirla?

¿Quería ella ser seducida?

Viveka suspiró, ya no tenía claro qué quería.

–¿Tienes agujetas? –le preguntó Mikolas acercándose a servir el vino.

–No, el masaje me ha ayudado. Estaba pensando que estoy atrapada en un compás de espera.

Mikolas alzó las cejas con curiosidad.

–Creí que cuando el tema de Hildy estuviera solucionado podría tomar las riendas de mi vida. Se suponía que Trina vendría a vivir conmigo. Tenía pensado alquilar un apartamento, tomar clases online, escoger una carrera... pero ahora mi futuro es una página en blanco.

Con el encabezado del apellido Petrides, pensó con amargura.

–Ya averiguaré cómo hacerlo –se dijo con seguridad–. Más adelante. No me voy a quedar aquí para siempre, ¿verdad?

Aquella certeza era el factor decisivo. Si había tardado sus veintitrés años de vida en encontrar un hombre que la excitara físicamente, ¿cuánto le llevaría encontrar otro?

Viveka miró hacia él.

Lo que Mikolas viera en su rostro le llevó a bajar la botella que todavía no había abierto.

–No paro de decirme que tengo que darte tiempo –la voz de Mikolas sonaba baja, casi derrotada–. Pero en lo único que puedo pensar es en llevarte a la cama. ¿Me dejarás? Solo quiero tocarte. Besarte. Darte lo que tú me diste a mí.

A Viveka se le formó un nudo en el estómago. No podía imaginarse siendo tan desinhibida, pero tampoco podía imaginarse no acostarse con él. Le deseaba mucho, y lo cierto era que no sabía si resistiría mucho más.

La rendición llegó de un modo instantáneo.

–Sí.

Mikolas dio un respingo, como si no se lo esperara. Luego se acercó a ella y le tomó el rostro entre las manos, cubriéndole los labios con su boca cálida y hambrienta. Se besaron como amantes. Como personas que hubieran estado separadas por el tiempo y los malentendidos. Viveka le rodeó el cuello con los brazos y él se apartó lo suficiente para apretarla contra su pecho, volver a besarla y llevarla a su dormitorio.

Ella esperó a que aparecieran los recelos, pero no surgió ninguno. Le pasó los dedos por el pelo mientras lo besaba.

Mikolas se dejó caer en el colchón con ella y Viveka abrió los ojos lo suficiente para captar la imagen de las sombras monocromáticas iluminadas por la luz de la media luna. La alfombra era blanca, los muebles grises, la cabecera de la cama, negra. Entonces Mikolas se colocó encima de ella y la acarició sin prisa desde el hombro hasta la cadera pasando por las costillas y la cintura.

–Puedes... –empezó a decir ella. Pero Mikolas le rozó otra vez los labios con los suyos con indolencia.

–No te preocupes –murmuró antes de volver a besarla–. Solo quiero tocarte –le dio otro beso suave y dulce–. Si me pides que pare, lo haré.

Besos y más besos. Resultaba delicioso, tierno y en absoluto amenazante. La enorme mano de Mikolas se limitaba a hacer círculos lentos con la mano en el punto en el que la cadera se unía a la cintura.

Viveka quería más. Quería sexo. No era como las otras ocasiones en las que había querido sexo. Entonces era algo entre la obligación y el frustrante objetivo que estaba decidida a conseguir.

Esto no se parecía en nada a aquello. Deseaba a Mikolas. Quería compartir su cuerpo con él, sentirle dentro, sentirse cerca.

–Hazme el amor –le suplicó con los labios deslizándoles las manos por el cuerpo en silencioso mensaje de ánimo.

Cuando Viveka se apartó y trató de bajarse la cremallera del vestido, Mikolas emitió un gruñido y se la bajó él. La levantó para sacarle el brazo de la manga y dejó el sujetador al descubierto. Luego se lo desabrochó con un eficaz clic de los dedos.

Le bajó el tirante por el hombro con reverencia, sacándole de la copa el seno, que se mostró redondo, blanco y con el pezón turgente por el deseo.

No hubo tiempo para la inseguridad. Mikolas bajó la cabeza y se lo lamió suavemente, se lo cubrió con mano cálida y luego abrió la boca y dejó que Viveka se fuera acostumbrando a su delicada succión antes de tirar con más fuerza. Ella quería hablar, decirle que le gustaba mucho lo que le estaba haciendo, que no tenía que parar. Pero la sensación se abrió paso en su abdomen y la entrepierna se le humedeció por el deseo. Cuando le acarició el trasero con la mano, ella misma se quitó la falda.

Mikolas le recorrió con el dedo los muslos desnudos, levantando la cabeza para volver a besarla y darle su lengua mientras la hacía esperar y esperar.

—Mikolas —jadeó ella.

—¿Esto? —le puso la palma en la unión de los muslos y la dejó ahí, dejando que se acostumbrara a la sensación. A la intimidad—. Yo también quiero lo mismo —susurró contra su boca.

Viveka contuvo un grito de pura felicidad cuando el peso de su mano la cubrió con confianza. La movió lentamente aumentando la presión, incitándola a doblar la rodilla para estar abierta a su contacto. Viveka cerró los ojos y se dejó llevar por aquella deliciosa sensación.

Cuando Mikolas levantó la mano ella contuvo la respiración y abrió los ojos.

La estaba mirando mientras le deslizaba las yemas de los dedos por el borde de las braguitas, y luego empezó a bajárselas por los muslos.

La fricción del encaje contra la piel sensible hizo que se estremeciera. Cuando sintió el frescor de la habitación en la piel húmeda, fue consciente de la poca ropa que le quedaba. Tenía los senos expuestos, el sexo henchido y anhelante, el cuerpo tembloroso por el deseo.

Alzó las caderas para que Mikolas pudiera quitarle del todo las braguitas, pero cuando él volvió a acomodarse a su lado se limitó a apartarle el pelo de la cara.

—Solo quiero sentirte. Seré delicado —prometió besándola dulcemente.

Se besaron y la mano de Mikolas volvió a cubrirla. Esta vez estaba desnuda. La sensación fue tan intensa que dio un respingo.

—Tú solo siente —le sugirió él con voz suave—. Dime lo que te gusta. ¿Esto está bien?

Mikolas le hacía cosas maravillosas. Ella sabía cómo le funcionaba el cuerpo, pero nunca se había sentido tan excitada. Decidió no pensar y se dejó llevar por la corriente de placer que la atravesaba.

–¿Así? –Mikolas continuó con la magia de modo que ella gimió bajo sus besos para animarle. Sí. Así. Exactamente así.

Le deslizó un dedo dentro.

Viveka contuvo el aliento.

–¿Estás bien? –le preguntó él jadeando contra su mejilla.

Viveka le apretó con sus músculos internos. Le encantaba la sensación aunque le resultaba muy apretado. Estaba excitada, muy cerca, así que cubrió la mano de Mikolas con la suya y apretó. Movió las caderas mientras él le hacía el amor con la mano y se hizo añicos en un millón de piezas mientras los besos de Mikolas amortiguaban sus gritos.

Capítulo 11

SE IBAN a matar el uno al otro.
Mikolas estaba completamente vestido, y si Viveka le tocaba en aquel momento a través de los pantalones, explotaría.

Pero es que Viveka era increíble. Le lamió los labios mientras ella jadeaba y tuvo ganas de sonreír al ver cómo se agarraba a su boca con la suya aunque de forma débil. Seguía temblando tras los estertores de su impresionante y precioso orgasmo.

Mikolas la acarició con mucha dulzura, urgiéndola a seguir excitada. Quería volver a hacerle lo mismo. Saborearla. Hundirse en ella.

Viveka emitió un sonido y le besó también con más fuerza mientras sus manos inquietas le tiraban de la camisa en busca de los botones.

Él los rompió con un par de tirones y luego se quitó la camisa. Estaba en llamas.

Viveka se quitó el vestido con la mano libre y extendió los brazos para invitarle a volver. Curvas suaves, piel de terciopelo. Le encantaba sentirla contra el pecho desnudo y los bíceps. Delicada pero ágil. Cálida. Olía a lluvia, a té y a la esencia del placer sexual al culminar.

Las suaves manos de Viveka le recorrieron el torso y la espalda, haciéndole gemir. Sabía a mandarina, pensó abriendo la boca ante el montículo de su pecho. Le lamió el pezón con más fuerza que la primera vez.

Ella se arqueó para recibir más.

Estaba yendo demasiado rápido, se dijo, pero quería quitarle el vestido, sentir sus manos por todas partes...

Mikolas se levantó de la cama mientras ella se quitaba el vestido y le apretó los labios contra el vientre.

–Mikolas –jadeó Viveka acariciándole el pelo con fuerza–. Hazme el amor.

Un escalofrío de deseo le recorrió el cuerpo. Hizo un esfuerzo por mantener el control, pero lo único que quería era abrirle las piernas y colocarse encima de ella. Era un ser humano, no un superhéroe. Se apartó y la escuchó contener el aliento.

Viveka volvió a respirar al ver que él se erguía para abrirse los pantalones. Se desnudó con movimientos torpes y poco coordinados, viendo cómo ella se mordía el labio inferior. Mikolas se tomó su tiempo para ponerse el preservativo, así que Viveka tuvo muchas oportunidades para cambiar de opinión.

–Pararé si tú quieres –prometió mientras se colocaba sobre ella. Lo haría. No sabía cómo, pero lo haría.

«Por favor, no me lo pidas».

Esta vez iba a suceder de verdad. A Viveka se le pusieron los nervios de punta mientras Mikolas la cubría. Era muy grande comparado con ella.

Él la besó con dulzura antes de posicionarse y presionar.

Le dolió. Mucho. Viveka luchó contra la tensión instintiva y trató de relajarse, de no resistirse, pero el escozor era cada vez más intenso. Se le llenaron los ojos de lágrimas. No pudo evitar soltar un pequeño sollozo de ansiedad.

Mikolas se quedó muy quieto y se estremeció. El escozor remitió un poco.

–Viveka –le dijo con voz ronca–. Esto es solo la punta.

–No te pares –ella le enredó el muslo con el pie y trató de presionarlo hacia delante.

–*Glykia mou*, no quiero hacerte daño –Mikolas levantó el rostro. Tenía una expresión atormentada.

–Por eso no pasa nada si me lo haces –a Viveka le temblaban los labios–. Confío en ti. Por favor, no me obligues a hacer esto con otra persona.

Mikolas murmuró varias palabrotas entre dientes y luego la miró a los ojos y presionó con cuidado otra vez.

Viveka no pudo evitar estremecerse. Ponerse tensa. El estiramiento dolía mucho. Mikolas volvió a detenerse y la miró con la misma frustración que ella sentía.

–No intentes ser delicado. Hazlo y ya –le pidió.

Mikolas soltó un grito de angustia, cubrió la boca con la suya y la embistió profundamente.

Ella se arqueó ante el destello de dolor y gritó en su boca.

Los dos se quedaron muy quietos durante unos segundos. El dolor se convirtió lentamente en un escozor tolerable. Viveka movió los labios contra los suyos y él la besó con dulzura.

–¿Me odias? –le preguntó Mikolas con tono angustiado.

No se movió, estaba dejando que se acostumbrara a sentir un hombre dentro por primera vez. Y la sostenía entre sus brazos con tanta protección que los ojos se le volvieron a llenar de lágrimas, esta vez de felicidad.

–No –respondió sonriendo débilmente. Se sentía intensamente unida a él.

–¿Quieres que pare?

–No –la voz de Viveka apenas se oyó. Se movió un poco para ponerse más cómoda debajo de él–. No sé si quiero que te muevas. Nunca.

Mikolas dejó escapar un resoplido.

–Me vas a matar.

Se colocó con mucho cuidado apoyándose en el codo y luego emitió un sonido suave y tocó el punto en el que estaban unidos.

–Eres deliciosa –murmuró–. Creí que nada podría ser mejor que el modo en que me tomaste con la boca, pero esto es increíble. Eres perfecta, Viveka. Maravillosa.

El sonido que escapó entonces de labios de Viveka fue de puro placer. Mikolas la estaba guiando por el camino del deseo hacia el placer total. Le resultaba extraño sentirlo dentro de ella mientras su excitación aumentaba. Una parte de ella quería que se moviera, pero seguía teniendo miedo al dolor y se encontraba tan bien... El modo en que le estiraba la piel acentuaba las sensaciones.

–Oh, Mikolas, por favor... –un poderoso clímax la sacudió. Su vagina se contrajo y se estremeció alrededor de la erección de Mikolas con tanta fuerza que apenas podía respirar. Millones de estrellas le hicieron explosión en los ojos y se agarró a él gritando su éxtasis.

Cuando los espasmos cesaron, Mikolas se retiró suavemente. La fricción le dio placer, aunque un poco agudo.

–Tú no has llegado, ¿verdad? –Viveka extendió la mano y le tocó la dura erección.

Mikolas cerró la mano sobre la suya y formó un puño. Dos, tres veces y luego soltó un gemido ronco en su hombro mientras se lo mordía y se estremecía contra su palma.

Asombrada pero complacida, Viveka continuó dándole placer hasta que se relajó y la soltó. Mikolas se quitó el preservativo con un movimiento ágil y luego se levantó para tirarlo. Cuando regresó, se acurrucó bajo las sábanas abrazándola y empezó a acariciarle suavemente el pelo.

–¿Te ha gustado? –preguntó Viveka con tono inseguro.

Mikolas resopló.

–Acabo de iniciar a una virgen particularmente delicada. Ahora mismo tengo el ego tan grande que me extraña que quepas en la cama.

Cuando Viveka se despertó la cama estaba vacía y no encontró a Mikolas en el ático. Se dio cuenta de que era tarde para ir al gimnasio y decidió que tenía derecho a darse un baño. Acababa de salir de la bañera envuelta en una toalla blanca cuando él entró con los pantalones cortos de deporte y nada más.

–Perezosa –afirmó Mikolas deteniéndose para mirarla con admiración.

–¿En serio? –antes de darse el baño le dolía todo el cuerpo.

Él se acercó despacio y esbozó una media sonrisa.

–¿Te duele?

Viveka se encogió de hombros, sintiéndose al instante tan tímida que no podía soportarlo. ¡Las cosas que habían hecho! Se sonrojó, consciente de que estaba recorriendo con la mirada el cuerpo de Mikolas. Y al instante quiso tenerlo cerca. Tocarlo, sentirlo, besarlo... y más.

No estaba segura de cómo lanzar la invitación a lo ancho de aquel baño tan grande, pero ya no era la novicia de antes. Mikolas se acercó un poco más hasta alcanzarla y se le quedó mirando la boca. Cuando bajó la cabeza, ella alzó la barbilla para recibir su beso. Con la mano libre le acarició la mejilla mientras que con la otra mantenía la toalla en su sitio.

–Mm... –murmuró Viveka. Le gustaba que no se precipitara, que la besara lentamente.

Mikolas se retiró y trató de quitarle la toalla con las dos manos.

Ella vaciló.

–Solo quiero echar un vistazo –aseguró Mikolas.

–Es de día –protestó ella.

–Exactamente.

El miedo de Viveka de que tener sexo con él debilitara su voluntad resultó justificado. Quería complacerle. Quería ofrecerse entera a él. Sus dedos se relajaron con la certeza de que estaba entregando algo más que el control de una toalla.

Pero cuando la abrió y miró largamente su vientre plano y sus senos, Viveka vio que el deseo se apoderaba de él con la misma falta de compasión que mostraba con ella. Mikolas tragó saliva.

–Solo iba a besarte –dijo alzando hacia ella los ojos cargados de pasión–. Pero si tú...

–Sí –le aseguró Viveka.

Mikolas dejó caer la toalla y ella gimió rendida cuando la presionó contra el sofá cama. Sus inhibiciones respecto a la luz del día desaparecieron cuando su barba incipiente le resbaló por el cuello hasta el seno, donde le succionó el pezón. Cuando bajó todavía más y le raspó el vientre y luego los muslos al arrodillarse en el suelo, Viveka se tapó los ojos con el brazo y dejó que le hiciera todo lo que quería.

Porque ella lo deseaba también. Oh, qué exquisitez.

–No te pares –le suplicó cuando Mikolas levantó la cabeza.

–¿Puedo tomarte? –gruñó él mordiéndole suavemente el interior del muslo.

Ella asintió. No podía apartar los ojos de su cuerpo

cuando se levantó y se acercó al mueble de encima del espejo para buscar un preservativo y cubrirse con él.

Cuando volvió y se colocó sobre ella, Viveka seguía exactamente como la había dejado, abierta de piernas y debilitada por el deseo como si fuera la concubina de un harén.

Mikolas emitió un sonido de agonía y se acercó a ella apretándole los muslos contra los suyos.

–No quiero hacerte daño –le acarició el pelo con la mano–. Pero te deseo mucho. Si te hago daño me detienes.

–Está bien –le dijo Viveka sin importarle en absoluto la quemazón cuando se arqueó, invitándole a entrar hasta el fondo. Le dolía, pero sus primeros y delicados embates también le gustaron.

La fricción que provocaba Mikolas al moverse dentro de ella hacía que la conexión fuera mucho más intensa. Llegó al límite muy deprisa, alcanzando el éxtasis con un repentino jadeo y agarrándose a él.

Mikolas se estremeció, le apretó los labios contra el cuello y se dio prisa para terminar con ella, gimiendo contra su piel.

Viveka se sintió decepcionada cuando se retiró despacio y se sentó dándole la espalda.

Iba a protestar diciéndole que no pasaba nada, que ya no le hacía daño, pero se distrajo al verle las marcas de la espalda. Eran pequeñas cicatrices que solo eran visibles porque había mucha luz. Había al menos una docena.

–¿Qué te pasó? –le preguntó desconcertada.

Mikolas se levantó y se dirigió al otro extremo de la habitación. Luego miró en el lavabo y después en la cómoda de Viveka hasta dar con el mando de la ducha.

–Deberíamos dejar algunas cosas claras –dijo él.

–¿Dejar el mando en tu lado? –Viveka se incorporó

y pasó al lado de la toalla para ponerse la bata blanca, preguntándose por qué se molestaba si tenía pensado en unirse a él en la ducha. Quería tocarle, salvar aquella distancia que había surgido de forma tan abrupta entre ellos.

—Eso por un lado —reconoció Mikolas—. Y por otro, que solo vamos a estar juntos un breve espacio de tiempo. Puedes decir que soy tu amante pero no esperes que nos enamoremos. Mantén tus expectativas bajas.

Viveka dio un paso atrás al tiempo que se ataba la bata con fuerza como si así pudiera cubrir la herida que acababa de hacerle Mikolas.

—No estoy esperando una proposición matrimonial —se defendió.

—Mejor que esté todo claro —Mikolas apretó el mando y saltaron los chorros de la ducha.

Viveka le miró los hombros tensos.

—¿Esto es porque te he preguntado por la espalda? Lo siento si ha sido demasiado personal, pero yo te he contado cosas muy personales sobre mí.

—Háblame de lo que te apetezca. Si yo no quiero contarte algo, no lo haré —aseguró él.

¿Porque ya había compartido con ella más de lo que le hacía sentirse cómodo?

—No tiene nada de malo que seamos amigos, ¿no?

Mikolas la miró con expresión paciente pero decidida.

—Tú no tienes amigos —recordó que le había dicho la noche anterior—. ¿Qué tiene de malo la amistad? ¿No quieres tener a alguien en quien puedas confiar, con quien compartir bromas?

—Son quemaduras de cigarro —dijo Mikolas bruscamente colocando el mando en el espacio que había detrás del lavabo—. Tengo más en el trasero y en los pies. Mis secuestradores me las hacían para que gritara y mi abuelo me escuchara a través del teléfono. Hubo más de una llamada. ¿Es esta la clase de confidencia que esperas, Viveka? –la desafió con desprecio.

–Mikolas –Viveka sintió que se quedaba sin aire.

–Por eso no quiero que compartamos nada más que nuestros cuerpos. No hay nada más que valga la pena compartir.

Mikolas había sido duro con Viveka aquella mañana y lo sabía. Pero no había sido víctima de fuerzas superiores a sí mismo en el pasado y ya sentía demasiado indefenso a su lado. El modo en que se había infiltrado en su vida, los cambios que estaba haciendo por ella...

A primera hora de aquella mañana se había levantado mientras ella dormía y había pasado la mañana boxeando contra el saco, intentando agotar su libido. Viveka tenía que estar dolorida y él no era un animal.

Pero cuando la vio salir del baño toda su fuerza de voluntad se evaporó. Hubo un momento en el que pensó que podría incluso rogarle.

Era absurdo pensar que podía tratar a Viveka como si fuera cualquier otra mujer con la que se había acostado. Muchas le habían preguntado por la espalda. Siempre había mentido diciendo que era la viruela lo que le causó aquellas cicatrices. Pero por alguna razón, a Viveka no quiso mentirle.

Cuando por fin le espetó la amarga verdad, vio algo en su expresión que rechazó al instante, pero que en el fondo anhelaba: compasión por él. Tristeza por aquel tiempo oscuro que le había robado la inocencia y le había dejado cicatrices todavía mayores que nadie podía ver.

Viveka quería un compañero jocoso con el que compartir puntos de vista y anécdotas. Él nunca sería así. Tenía demasiada ira y demasiado dolor dentro.

Así que la había aleccionado sobre lo que podía esperar y eso le dejó malhumorado durante el resto del día.

Ella tampoco estaba mucho mejor. Sabía que Viveka era muy sensible y que su actitud había atemperado su alegría natural. Eso le hizo sentirse todavía más disgustado consigo mismo.

Entonces su abuelo le pidió que jugara al backgammon con él y ella fue encantada. Desapareció un par de horas y solo regresó al ático para cambiarse e ir al gimnasio.

¿Por qué le molestaba eso? Quería que fuera autosuficiente y que no le buscara para que la entretuviera. Pero más tarde, por la noche, cuando la vio ahuecando cojines de la sala, tuvo que preguntarle:

—¿Qué estás haciendo?

—Limpiar —llevó una taza de té y un plato al montaplatos y los dejó allí.

—Pago a gente para que hagan eso.

—Yo me ocupo de lo mío —afirmó ella con tono neutro.

Mikolas se metió las manos en los bolsillos y vio cómo encendía una lamparita y apagaba la luz de arriba.

—Estás enfadada conmigo por lo que te he dicho esta mañana.

—No —parecía sincera. Finalmente se giró para mirarlo—. Pero nunca quise verme de nuevo en esta posición.

—¿En qué posición? —le preguntó él con recelo.

—Verme obligada a estar con alguien que no quiere tenerme cerca —sonrió con tirantez.

—No es eso —protestó Mikolas—. Ya te he dicho que te deseo.

–Físicamente –aclaró ella.

Viveka bajó la vista y dijo en voz tan baja que Mikolas apenas pudo oírla:

–Yo también. Eso es lo que me preocupa –reconoció.

–¿Qué quieres decir?

Ella se abrazó a sí misma. Estaba agobiada.

–No es algo que valga la pena compartir –murmuró.

«Compártelo», quiso exigirle Mikolas. Pero eso sería una hipocresía. El arrepentimiento zumbó a su alrededor como un mosquito.

Había tardado años en llegar a aquel punto de estar completamente seguro de sí mismo. Unos días con aquella mujer y ya dudaba de todo.

–¿No podemos irnos a la cama y ya?

Los ojos de Viveka se mostraban muy vulnerables, y Mikolas tardó unos instantes en darse cuenta de lo que estaba diciendo.

–Sí –gruñó abriendo los brazos–. Ven aquí.

Viveka se apretó contra él y apoyó los labios en su cuello. Mikolas suspiró y su torbellino interno se calmó un poco.

Hacían el amor cada noche, pero Viveka se despertaba siempre sola.

¿Era algo personal?, se preguntó sin poder evitarlo. ¿No veía Mikolas en ello nada que le agradara? ¿O estaba tan alejado de las necesidades normales de la humanidad que de verdad no quería ninguna conexión cercana? ¿Se daba cuenta de que su actitud dolía? ¿Lo sabía y no le importaba?

Cuando imaginó tener una relación íntima con un hombre se refería a todos los campos, no a aquella apertura de corazón durante el sexo y una distancia deliberada al terminar. ¿Estaba pidiendo demasiado?

Viveka se volvió hipersensible a cada palabra que decía y trataba de evitar plantear nada demasiado íntimo. La preocupación constante resultaba agotadora.

Era más duro cuando viajaban. Al menos con el abuelo de Mikolas en la mesa la conversación fluía con más naturalidad. Cuando Mikolas se la llevó a varios eventos por Europa tuvo que encontrar la manera de hablar con él sin exponerse demasiado.

–Tal vez vaya a la galería de arte mientras tú estás de reuniones esta mañana. A menos que tú quieras venir, entonces esperaría a esta tarde –aquel era el típico acercamiento neutral. Le encantaba pasar tiempo con él, pero no podía decirlo.

–Podría estar libre después de comer.

–Es una exposición de arte infantil –le aclaró ella–. ¿Te apetece verla?

Mikolas se encogió de hombros con indiferencia.

–No suelo ir a galerías de arte, pero si tú quieres ir, te llevo.

Aquello hizo que sintiera que estaba imponiendo su presencia, pero él ya estaba repasando la agenda. Luego empezó a pasear arriba y abajo por el lugar sin decir mucho mientras ella se contenía para no preguntarle qué pensaba. Quería contarle sus aspiraciones, señalar lo que le gustaba y preguntarle si alguna vez había pintado con las manos manchadas de pintura cuando era niño.

De hecho hablaba con más naturalidad con los desconocidos en las fiestas que con él. Mikolas la escuchaba siempre con mucha atención, pero no sabía si era para quedar bien o de verdad. Si tuviera interés en sus pensamientos o sus proyectos, pensaba Viveka, se lo preguntaría él mismo. Pero nunca lo hacía.

Aquella noche estaba confesando su antigua fascinación por la historia del arte y la mitología griega.

–Lo cierto es que gané un premio –reconoció arrugando la nariz–. Fue por una acuarela que pinté en el colegio. Estaba convencida de que me convertiría en una artista famosa –bromeó–. Siempre quise estudiar arte en la universidad, pero nunca encontré el momento oportuno.

Estaba charlando agradablemente con una pareja, Adara y Gideon Makricosta, los dueños de una cadena hotelera a los que había conocido en otra ocasión.

–¿Por qué nunca me lo habías contado? –preguntó Mikolas cuando la pareja se disculpó y fue a saludar a otras personas–. Lo de estudiar arte.

A Viveka le dio un vuelco al corazón. «Porque no te interesa», tuvo ganas de decir.

–No es algo práctico. Pensé tomar clases nocturnas cuando trabajaba, pero tenía que cuidar de Hildy. Y sabía que cuando tuviera que buscar una carrera tendría que decantarme por algo adecuado, no meterme en algo que nunca me permitiría pagar las facturas.

–Ahora no tienes facturas. Apúntate a algo –sugirió Mikolas con ligereza.

–¿Dónde? ¿Con qué propósito? –Viveka sintió un nudo en la garganta–. Siempre estamos de un sitio a otro y no sé cuánto tiempo estaré contigo. No, no tiene sentido.

Le dolería mucho ver que aquel sueño de ave Fénix resurgiera de sus cenizas para desaparecer otra vez.

¿O estaba dando a entender Mikolas que iba a estar con él a largo plazo?

Buscó en su rostro alguna señal de que sentía algo por ella. De que tenían futuro.

Pero Mikolas estaba oculto tras una máscara distante y guardó silencio durante el resto de la noche, incluso en el camino de regreso a Grecia, lo que añadió una capa de tensión extra al viaje.

Se acostaron nada más llegar y ella se quedó muy quieta, desnuda y pegada contra su cuerpo, sin querer moverse para no despertarle. Solía dormirse en sus brazos, pero nunca se despertaba en ellos. Aquel era un momento de intimidad poco frecuente.

Porque por muy distante que se sintiera de Mikolas durante el día, en la cama se sentía tan unida a él que le resultaba una agonía estar en otro lado. Cuando le hacía el amor sentía amor. Sus besos y sus caricias eran generosos, y la cubría de halagos. Pero para Viveka no era solo placer físico. Se estaba enamorando de él.

¿A quién quería engañar? Lo amaba. Completa y eternamente. Pero Mikolas no la amaba a ella.

Mikolas había conocido el infierno. Luego su abuelo lo aceptó y regresó al mundo real, donde había días buenos y días malos. Ahora había encontrado algo parecido al cielo pero no se fiaba. Ni un pelo.

Aunque tampoco podía alejarse de allí. De ella.

Si lo hiciera sería como si le estuvieran arrancando la piel, dejándole en carne viva y vulnerable. Era como un cangrejo que perdiera el caparazón todas las noches y tuviera que reconstruirlo cada día.

Aquella mañana estaba teniendo lugar la deconstrucción más profunda. Siempre intentaba irse antes de que Viveka se despertara para no empezar el día con su efecto, pero ella estaba abrazada a su cuerpo de un modo dulce y delicioso.

Mikolas hizo un esfuerzo por apartarse y sentarse para demostrar que podía controlar lo que estaba pasando, fuera lo que fuera.

Pero Viveka se quedó dentro de él, en su cuerpo como un algo embriagador y en su mente. Y como estaba tan en consonancia con ella, escuchó el sonido apenas perceptible que emitió cuando él se levantó. Algo parecido a un resoplido que le atravesó la piel hasta llegarle al alma.

Se giró y solo vio el arco de su espalda, todavía curvada de lado allí donde él la había dejado. Mikolas dejó caer la rodilla en el colchón y la agarró del hombro para poder verle la cara.

Ella contuvo el aliento sorprendida y alzó una mano para secarse rápidamente las lágrimas que tenía en los ojos.

A Mikolas se le cayó el alma a los pies.

—Viveka —murmuró con voz ronca. Le dolía la garganta—. Te dije que no te hicieras muchas ilusiones —le recordó sintiéndose como un cobarde.

Ella lo miró como si le hubiera pegado una bofetada.

—No te sientas mal —gruñó Mikolas.

Ella se rio sin ganas.

—No me digas cómo me tengo que sentir. Aquí controlas lo que siento —señaló las sábanas arrugadas y luego se tocó el pecho—. Pero aquí mando yo. Esto es mío, y sentiré lo que me dé la gana.

Los ojos azules de Viveka brillaban desafiantes, pero había algo más en ella. Algo dulce, poderoso y puro que se disparó como una flecha y se le clavó en el corazón. No intentó ponerle nombre. Le daba miedo, sobre todo cuando vio las sombras de la desesperanza nublarle la mirada antes de apartar la vista.

—No estoy confundiendo el sexo con el amor, si eso es lo que te preocupa —Viveka se acercó a la silla y se puso la camisa que llevaba Mikolas la noche anterior. Luego se cruzó de brazos como si estuviera preparándose para recibir un golpe—. Mi madre cometió ese error. Pero yo conozco la diferencia.

¿Por qué le llevó aquello a apretar los puños desesperado?

Estuvo a punto de decirle que aquello no era solo sexo. Cuando entraba en un sitio con ella de la mano se sentía tan orgulloso que era un delito. Cuando Viveka le contaba algún detalle de la vida que llevaba antes de conocerle, le resultaba fascinante. Cuando la veía así de derrotada a él se le formaba una grieta en la armadura del corazón.

Pero se limitó a decir:

—Hoy voy a mandar un correo para preguntar cómo va la investigación. Sobre tu madre —aclaró cuando Viveka le miró con extrañeza.

Ella resopló. Parecía desilusionada cuando murmuró:

—Gracias.

—Hoy no tienes la cabeza en el juego —dijo Erebus colocando una de sus fichas encima de las suyas.

¿Ya había perdido? No había vuelto a jugar desde que Trina y ella eran niñas, pero había recordado enseguida las normas y las estrategias. Se sentaba con Erebus al menos una vez al día si estaba en casa.

—Es el cambio de horario —murmuró.

Aquello le valió un chasquido de lengua.

—En esta casa no nos mentimos unos a otros, *poulaki mou*.

Viveka le tenía cada vez más cariño al anciano. Era un hombre muy culto y con un gran sentido del humor. Y además mostraba interés en ella. La llamaba «mi pajarito» y siempre tenía algo agradable que decirle. Aquel día le había dicho: «ojalá no te fueras a París. Te echo de menos cuando estás de viaje».

Viveka no había tenido nunca una figura paterna decente en su vida y sabía que era una locura ver a aquel antiguo delincuente bajo esa luz, pero también era muy protector y muy dulce con ella.

Así que no quería ofenderle confesándole que su nieto estaba acabando con ella.

–A veces me pregunto cómo sería Mikolas de niño –se aventuró a decir.

Erebus y ella habían hablado un poco de su tía y habían compartido algunas historias sobre sus primeros años. Viveka tenía mucha curiosidad por saber cómo era posible que un hombre que parecía tan amable hubiera incumplido la ley y hubiera tenido un hijo que era un delincuente famoso. Pero pensó que sería mejor no preguntar.

El anciano asintió pensativamente con la cabeza. Estaban sentados en el jardincito que tenía en su salón privado. Dentro de unas semanas haría demasiado calor para estar allí fuera, pero aquel día resultaba agradable. Una brisa suave agitaba la marquesina.

–Vamos a tomarnos un ouzo –dijo finalmente señalando con dos dedos el interior de su apartamento.

–Me voy a meter en un problema. Se supone que solo puedes tomar uno antes de cenar.

–Si tú no lo cuentas, yo tampoco –afirmó Erebus haciéndola sonreír.

Se colocó detrás de ella mientras Viveka llenaba los vasitos. Tomó el suyo y le hizo un gesto con la cabeza para que le siguiera.

Ella obedeció y caminó a su lado mientras él movía el bastón por el salón hasta llegar al dormitorio. Allí se sentó en una silla cerca de la ventana exhalando un hondo suspiro. Agarró el marco con dos fotos que tenía en la mesilla y se la mostró a Viveka.

Ella la agarró y se tomó su tiempo para observar la foto en blanco y negro de una mujer joven que había a un lado, el niño y la niña sentados en una roca de la playa en la otra. Tendrían unos cinco o seis años.

—¿Tu mujer? —aventuró—. ¿Y el padre de Mikolas?

—Sí. Y mi hija. Ella era... los hombres siempre dicen que quieren hijos varones, pero una hija es la luz del hogar. Las hijas son amor en su forma más pura.

—Eso es muy bonito —Viveka lamentó no saber más de su propio padre excepto algunas cosas sueltas que le había contado su madre. Era inglés y dejó el colegio para trabajar en la radio. Se casó con su madre porque estaba embarazada y murió de un virus extraño que le atacó al corazón.

Se sentó a los pies de la cama de Erebus y le miró.

—Mikolas me contó que perdiste a tu hija cuando era pequeña. Lo siento.

Erebus asintió, volvió a agarrar la foto y lo miró.

—A mí esposa también. Era preciosa. Me miraba del mismo modo que tú miras a Mikolas. Echo de menos eso.

Viveka miró su copa.

—Les fallé —continuó Erebus con tristeza—. Fue un tiempo difícil para la historia de nuestro país. Miedo al comunismo, la ley marcial, censura, persecuciones. Yo era joven y apasionado y me arriesgué a que me detuvieran con mis protestas. Me marché para esconderme en esta isla sin pensar que podrían ir tras mi esposa.

Sus ojos grises no podían disimular su dolor.

—Según me contó mi hijo, mi hija lloraba y se agarraba a su madre mientras la policía militar se la llevaba para interrogarla. La tiraron al suelo. Empezó a sangrarle el oído. Nunca se recuperó. Conmoción cerebral, tal vez. Nunca lo sabré. Mi esposa murió mientras estaba detenida, pero no antes de que mi hijo la viera caer inconsciente por una paliza al intentar volver con nuestra hija.

Viveka no pudo evitar cubrirse la boca para contener un grito.

–Cuando volví a reunirme con él, mi hijo se había torcido ya sin solución. Yo también. ¿La ley? ¿Cómo podía tenerle algún respeto? Lo que hice entonces: robo, contrabando, extorsión... nada de todo eso pesa sobre mi conciencia. Pero en lo que se convirtió mi hijo...

Erebus se aclaró la garganta y volvió a dejar la foto en su sitio. Le tembló la mano y tardó un buen rato en volver a hablar.

–Mi hijo perdió su humanidad. Las cosas que hizo... no podía pararle, no podía sacarle de donde estaba. No me sorprendió que muriera de forma tan violenta. Esa era su forma de vida. Cuando murió lo lloré, pero también lloré por lo que podría haber sido. Me vi obligado a enfrentarme a mis múltiples errores. Las cosas que hice provocaron que sobreviviera a mis hijos. Odiaba al hombre en el que me había convertido.

Su dolor era obvio. Viveka sintió lástima por él.

–En eso llegó una petición de rescate. Una rata callejera aseguraba ser mi nieto. Lo tenían unos rivales de mi hijo.

A ella se le encogió el corazón. Le estaba escuchando atentamente, pero no sabía si sería capaz de escuchar aquello.

–¿Quieres saber cómo era Mikolas de niño? Yo también. Llegó a mí como un caparazón vacío. Con los ojos muy grandes –Erebus formó un círculo con los dedos pulgar e índice–. Delgado. Tenía la mano destrozada y le faltaban algunas uñas. Y tres dientes. Estaba destrozado –hizo una pausa.

Viveka se mordió el labio. Le ardían los ojos y sentía una punzada de angustia en la boca del estómago.

–Dijo que si el análisis de sangre no hubiera salido

positivo no le habrías ayudado –Viveka no pudo evitar el tono acusatorio.

–Sinceramente, no sé qué habría hecho –admitió el anciano–. Al mirar atrás al final de mi vida me gustaría pensar que mi conciencia me habría llevado a ayudarlo de todas maneras, pero no era un buen hombre en aquel tiempo. Me enseñaron una foto y se parecía un poco a mi hijo, pero...

Dejó caer la cabeza con gesto arrepentido.

–Me suplicó que creyera que me estaba diciendo la verdad, que lo aceptara. Tardé demasiado –le dio un buen sorbo a su ouzo.

Viveka había olvidado que ella también tenía uno en la mano. Le dio un sorbo y pensó en lo abandonado que debió sentirse Mikolas. No era de extrañar que se mostrara tan impenetrable.

–Él piensa que lo quiero para redimir el apellido Petrides, pero soy yo quien necesita redención. Y en cierto modo la ha conseguido –reconoció Erebus con gran emoción–. Estoy orgulloso de todo lo que ha logrado. Es un buen hombre. Me contó la razón por la que te trajo aquí. Hizo lo correcto.

Viveka contuvo un resoplido. Las razones de Mikolas para retenerla allí y las suyas para quedarse eran fraudulentas y complejas.

–Pero su corazón nunca se recuperó. ¿Todas las cosas que ha hecho? No fueron por mí. Ha construido una fortaleza a su alrededor por una buena razón. No confía en nadie.

–No le importa nadie –murmuró ella.

–¿Por eso tienes esa expresión tan desesperanzada, *poulaki mou*?

Viveka apuró su copa y se estremeció un poco cuando el calor del licor se extendió por la lengua. Se sacudió la melena, se armó de valor y dijo:

–Nunca me amará, ¿verdad?

Erebus no se molestó en esconder la tristeza de su mirada. Porque no había necesidad de mentir.

El pequeño brillo de esperanza que había dentro de ella se apagó.

–Deberíamos volver a la partida –sugirió Erebus.

Capítulo 12

MIKOLAS alzó la vista cuando Viveka salió del ascensor. Nunca lo usaba a menos que viniera del gimnasio, pero iba vestida con la ropa que llevaba en la comida.

Se tambaleó y Mikolas se puso de pie de un salto, rodeando el escritorio para correr hacia ella.

–¿Estás bien?

–Muy bien –Viveka apoyó una mano en la pared y extendió la otra para impedir que se le acercara–. Había olvidado el efecto del ouzo.

–¿Has estado bebiendo?

–Con tu abuelo. No te enfades. Fue idea suya, pero voy a necesitar una siesta antes de cenar. Eso era lo que estaba haciendo él cuando me marché.

–¿Esto es lo que hacéis cuando jugáis al backgammon? –Mikolas la agarró del brazo para ayudarla a ir a su habitación.

–Normalmente no –Viveka le puso la mano en el pecho. No se movió, solo se quedó mirando la mano en su pecho–. Estábamos hablando.

Aquello sonaba a mal augurio. Ella alzó la vista y sus ojos azules lo miraron con angustia.

Mikolas tragó saliva instintivamente. Dio un paso atrás.

–¿De qué habéis hablado?

–Te quiere, ¿sabes? –a Viveka le temblaron las comisuras de los labios–. Desea que puedas perdonarle.

Mikolas dio un respingo y se apartó todavía más, soltándole al brazo.

–Entiende que no puedas. Y aunque pudieras, creo que él no se perdonará a sí mismo. Es... muy triste. No sabe cómo llegar a ti y... –Viveka se giró para apoyar los hombros en la pared y tragó saliva–. Nunca dejarás que nadie se acerque a ti, ¿verdad? ¿Esto es lo único que quieres de verdad, Mikolas? ¿Cosas? ¿Sexo sin amor?

Él maldijo entre dientes y alzó la vista hacia el techo. Apretó los puños para contener la indefensión que sentía.

–Te mentí –admitió cuando se sintió con fuerzas para hablar–. El día que nos conocimos. Te dije que mi abuelo me había dado todo lo que quería –bajó la vista para buscarle la mirada–. No quería ninguna de esas cosas que le pedí.

Viveka le escuchaba con atención.

–Le estaba poniendo a prueba –ahora veía que los regalos habían sido un intento de su abuelo de ganarse su confianza, pero todo había sido un juego. Un juego mortal y terrible–. Le pedía cosas que no me interesaban para ver si me las podía conseguir. Nunca le dije lo que de verdad quería. Nunca se lo dije a nadie.

Se miró la palma de la mano y se frotó la parte que le habían mantenido sujeta contra un hervidor ardiendo.

–Nunca se lo dije a nadie. La tortura física es inhumana, pero la tortura psicológica... –empezó a temblarle la mano.

–Mikolas –Viveka le puso la mano en la suya.

Él hizo amago de retirarla, pero cerró los dedos sobre los suyos de modo instintivo, agarrándose a ella.

Cuando habló parecía como si la voz le perteneciera a otra persona.

–Me preguntaban: ¿quieres agua? ¿Quieres ir al baño? ¿Quieres que paremos? Por supuesto, yo decía que sí. Nunca me dieron lo que quería.

Ella le apretó la mano y se colocó delante para rodearle con sus brazos.

Mikolas le puso las manos en los hombros y resistió su ofrecimiento de consuelo aunque era lo único que quería. Se resistía porque era lo que más deseaba del mundo.

–No puedo... no quiero hacerle daño, pero si confío en él, si permito que sea importante para mí, ¿entonces qué? No está en posición de volver a ser mi salvador. Es una debilidad que puede ser utilizada en contra mía. No puedo permitirme estar abierto a eso. ¿Lo entiendes?

Viveka dejó de abrazarle. Apoyó la cabeza un instante en el centro de su pecho y luego se apartó.

–Sí –aspiró con fuerza el aire–. Voy a tumbarme.

La vio marcharse mientras dos pequeñas lágrimas se le deslizaban sobre la piel.

–¡Viveka! –exclamó Clair acercándose con su marido, Aleksy.

Viveka fue capaz de sonreír de verdad por primera vez en toda la noche. Desde hacía días, en realidad. Las cosas entre Mikolas y ella estaban más tensas que nunca. Lo amaba y ahora sabía que él nunca se permitiría amarla a ella.

–¿Qué tal el vestido? –bromeó Viveka.

–Ahora llevo siempre encima un kit de costura –Clair agitó el bolso de mano.

–Estaba deseando volver a verte –aseguró Viveka con sinceridad–. He tenido oportunidad de leer sobre tu fundación. ¡Me impresiona todo lo que haces! Y tengo una idea para recaudar fondos que podría servirte.

Mikolas vio a Viveka alegrarse por primera vez en días. Su sonrisa le provocó una punzada en el pecho.

Quería arrastrar aquel calor y aquella luz suya a su interior.

–Vi una exposición de arte infantil cuando estuvimos en Nueva York. Me impresionó lo sofisticados que eran algunos trabajos. Me hizo pensar, ¿y si algunos huérfanos pintan unas obras para una subasta? Mira, deja que te lo enseñe –sacó el móvil del bolso y se detuvo para escuchar algo que Clair estaba diciendo sobre otro evento.

Aleksy resopló a su lado.

Mikolas apartó la mirada de Viveka y alzó una ceja en gesto inquisitivo. Había dejado que las cosas progresaran naturalmente entre las mujeres sin perseguir sus propios objetivos a la espera de tener la oportunidad de toparse con el ruso.

–Me parece curioso –explicó Aleksy–, te has tomado todas estas molestias para llamar mi atención y ahora prefieres escucharla a ella que hablar conmigo. Te he hecho un hueco en mi agenda mañana por la mañana, si es que te interesa...

Mikolas dio un respingo al ver la arrogante mirada del otro hombre.

Aleksy alzó las cejas sin dejarse intimidar.

–Cuando nos vimos en Atenas me pregunté qué diablos estabas haciendo con ella. Y qué hacía ella contigo. Pero –la expresión de Aleksy adquirió un tono derrotado–. Nos pasa a los mejores, ¿verdad?

Mikolas se dio cuenta de que había quedado al descubierto. Podía negar que sintiera algo por Viveka y deshacer todo el trabajo que había logrado ella llevándolo tan lejos, o podía sufrir las consecuencias de asumir que tenía una profunda debilidad: ella.

Antes de que tuviera que hacer nada, Viveka dijo:

–Oh, Dios mío –alzó la vista del teléfono. Tenía los

ojos abiertos de par en par–. Trina ha estado intentando ponerse en contacto conmigo. Grigor ha sufrido un ataque al corazón. Ha muerto.

Mikolas y Viveka dejaron la fiesta tras recibir las muestras de condolencia de Clair y Aleksy. Ella dio las gracias distraídamente, pero fueron palabras vacías. Estaba en estado de shock. No sentía nada. No se alegraba de que Grigor hubiera muerto. Su hermana estaba destrozada por la pérdida cuando la llamó, y le dijo que le dolía mucho no haber tenido una mejor relación con su padre. Viveka no deseaba que su hermana pequeña lo pasara mal, pero ella no sentía nada.

Ni siquiera experimentó ninguna culpa cuando Mikolas insinuó que Grigor había estado bajo mucho estrés debido a las investigaciones ordenadas por Mikolas. El otro día no tenía mucho que contar, pero cuando regresaron al hotel llamó al detective.

–La policía de la isla estaba empezando a hablar –dijo cuando colgó–. Se dieron cuenta de que el silencio parecía como mínimo incompetencia y podía insinuar también soborno y corrupción. Se estaba hablando seriamente de presentar cargos por el asesinato de tu madre y por más cosas. Mi investigador está preparando un informe, pero sin juicio seguramente nunca sabrás la verdad de cómo murió. Lo siento.

Viveka asintió en señal de aceptación. Le bastaba saber que Grigor había muerto consciente de que sus crímenes no quedaban en el olvido.

–Trina me necesita –le daba la impresión de estar señalando lo obvio, pero era lo único concreto que se le pasaba por la cabeza–. Necesito reservar un vuelo.

–Ya le he mandado un mensaje a mi piloto. Volaremos en cuanto estés lista.

Viveka hizo una pausa mientras guardaba cosas en la maleta.

–¿No dijo Aleksy algo de quedar contigo mañana? –Viveka miró la ropa que había llevado a París–. Nada de esto es adecuado para un funeral –murmuró–. ¿Crees que Trina lo entenderá si llevo un vestido rojo? –señaló hacia el armario abierto.

Mikolas no dijo nada.

Ella giró la cabeza.

Parecía como si estuviera intentando atravesarle la cabeza con sus ojos plateados.

–Puedo quedar con Aleksy en otra ocasión.

–¿Necesitas hablar con Trina? –preguntó intentando pensar en medio de todas las decisiones que tenía que tomar–. ¿Es porque va a heredar? ¿La muerte de Grigor afecta a la fusión?

Algo que Viveka no supo interpretar cruzó por el rostro de Mikolas.

–Habrá cosas de las que hablar, sí, pero pueden esperar.

–Me pregunto si Trina está siquiera en el testamento de Grigor –murmuró Viveka escogiendo algo cómodo para viajar y quitándose los pendientes. Se recogió el pelo y luego se acercó para pedirle en silencio que le quitara el collar de zafiros que le había dado aquella noche–. Trina me dijo que me culpaba a mí de todo, no a ella, así que espero que no la haya desheredado. ¿A quién si no le dejaría su fortuna? ¿A la beneficencia? Lo dudo.

El collar se deslizó y Viveka agarró la cajita de terciopelo, dándosela a él junto con los pendientes. Luego empezó a quitarse el vestido.

–Espero que Trina se convierta en una mujer rica después de todo lo que Grigor le ha hecho pasar –sabía que estaba balbuceando. Estaba pensando en voz alta, tal vez porque tenía miedo de lo que se podría decir si no fuera ella la que hablara–. Nunca logré librarme de él en realidad. Incluso cuando me fui a vivir con Hildy, pasaban cosas con Trina y me daba cuenta de que todavía era un fantasma en mi vida.

Se puso unos vaqueros y se subió la cremallera. Luego se puso encima una camiseta.

–Ahora por fin todo ha terminado. Está muerto. Ya no puede seguir destrozándome la vida.

Viveka se giró para mirar a Mikolas. Para aceptar la verdad que había estado evitando.

–Por fin estoy a salvo de él.

Lo que significaba que Mikolas no tenía motivos para retenerla.

Mikolas siempre había tenido la mente muy ágil. Había visto la luz del tren acercándose a él desde el final del túnel en el momento en que Viveka pronunció las palabras: «está muerto».

Había visto cómo hacía la maleta, pero todavía no estaba listo cuando ella alzó su rostro pálido para decirle adiós.

«Puedo quedar con Aleksy en otra ocasión». Eso fue lo más cerca que pudo estar de afirmar que estaba dispuesto a continuar con su aventura. No le estaba ofreciendo ningún consuelo. Viveka no estaba triste, solo preocupada por su hermana. Dios sabía que no le necesitaba. Mikolas se había encargado personalmente de que no tuviera expectativas en ese sentido.

Viveka bajó la vista, así que solo pudo verle la frente.

–Si me das un poco de tiempo para que pueda pensar en cómo solucionar lo de la tía Hildy...

Mikolas se dio la vuelta molesto. Muy molesto. Pero

no fue capaz de culpar a nadie más que a sí mismo. Era él quien había evitado que se formaran lazos entre ellos. Había calificado lo que tenían de química sexual.

–Estamos en paz –gruñó–. No te preocupes por eso.

–Sí me preocupo. Pondré su casa a la venta en cuanto pueda...

–Yo tengo lo que quería –insistió Mikolas –. Estoy dentro. Ninguno de los contactos que he hecho me daría la espalda ahora.

–Mikolas –Viveka se sentó en el banco con cojines que había frente a la cómoda. «No te humilles», pensó. Pero se inclinó hacia delante con gesto ansioso–. Tú me importas. Mucho –tuvo que aclararse la garganta antes de seguir–. Si prefieres que sigamos juntos... no tienes más que decirlo. Sé que es difícil para ti, pero...

Levantó la vista con cautela.

Mikolas era una estatua. Tenía las manos metidas en los bolsillos. Impertérrito.

A ella se le encogió el corazón.

–Las cosas entre nosotros nunca funcionarían –dijo con el mayor cuidado posible para intentar no hacerle daño–. Tú quieres cosas que yo no quiero. Cosas que no puedo darte.

Estaba intentando ser decente, pero sabía que cada palabra era como un salpicón de ácido. Sentía cómo se le formaban las durezas en el alma.

–Es mejor que lo dejemos aquí.

La habitación pareció sumirse en el silencio.

Viveka asintió sin decir nada y bajó los párpados. Su preciosa y besable boca se frunció con gesto melancólico.

Y cuando se marchó, Mikolas se preguntó por qué si ya no existía la amenaza de Grigor seguía tan preocupado por ella. Si tanto miedo le daba que ella pudiera hacerle daño, ¿por qué su ausencia le resultaba insoportable?

Si lo único que necesitaba de ella eran los malditos contactos empresariales, ¿por qué canceló la cita con Aleksy a la mañana siguiente y se sentó en la habitación de un hotel de París todo el día mirando los zafiros que habían comprado porque las piedras azules hacían juego con los ojos de Viveka?

–Está obligada a declarar fondos por encima de los diez mil euros –le dijo el agente de aduanas de Londres a Viveka cuando entraron en una sala que parecía una dependencia policial. Había una mesa de metal sencilla, dos sillas, una papelera y una cámara en el techo.

Viveka estaba agotada. El chárter desde la isla tras el funeral de Grigor se había retrasado por el tiempo, por lo que perdió el vuelo que salía de Atenas. La habían puesto en otro, pero tuvo que esperar bastante. No había comido ni bebido, se sentía muy desgraciada.

–Olvidé que lo tenía –afirmó sin ninguna expresividad.

–¿Olvidó que llevaba encima veinticinco mil euros?

–Iba a ingresarlos en el banco en Atenas, pero acababa de perder el vuelo de conexión. Solo quería volver a casa.

El agente parecía muy escéptico.

–¿De dónde ha sacado esa cantidad de dinero en efectivo?

–Me la dio mi hermana. Para mi tía. Es una historia muy larga.

–Tengo tiempo.

Ella no. Le daba la sensación de que iba a desmayarse.

–¿Puedo usar el cuarto de baño?

–No –alguien llamó a la puerta y le dio al agente un informe. Él miró por encima el contenido antes de observar de nuevo a Viveka con más interés–. Hábleme de Mikolas Petrides.

–¿Por qué? –el corazón le dio un vuelco al escuchar su nombre y se le llenaron los ojos de lágrimas.

–Al parecer ha estado usted viajando con él –afirmó el agente–. Es una familia demasiado infame para tener tratos con ella.

–¡El dinero no tiene nada que ver con él! –aquello era una pequeña mentira. Cuando Viveka le contó a su hermana cómo se había convertido en la amante de Mikolas, Trina fue directamente a la caja fuerte de su padre y sacó todo el dinero que Grigor guardaba allí.

«Úsalo para Hildy. También es mi tía. No quiero que estés en deuda con él».

Grigor le había dejado finalmente a Trina una considerable suma de dinero. Su hermana la invitó a quedarse a vivir con ella y con Stephanos en Londres, pero Viveka le dijo que no. Las dos semanas que habían pasado juntas habían resultado maravillosas, pero había llegado el momento de tomar por fin las riendas de su vida.

–Hábleme de su relación con Petrides.

–Le estoy diciendo que este dinero no tiene nada que ver con él. Yo no tengo nada que ver con él. Ya no.

Sabía que iba a echarse a llorar y a humillarse completamente.

Mikolas estaba en la cabecera de la mesa de la sala de juntas cuando su móvil vibró. En la pantalla apareció la foto de Viveka que él le había tomado a escondidas mientras jugaba al backgammon con su abuelo.

–¿Dónde está Viveka? –le había preguntado el anciano cuando regresó de París sin ella.

–Se ha ido.

Pappoús se quedó impactado y triste, lo que preocupó a Mikolas. No había pensado en cómo le afectaría la marcha de Viveka.

–Otro corazón roto sobre mi conciencia –había dicho con lágrimas en los ojos–. Si yo no te hubiera dejado sufrir no estarías tan dañado. Serías capaz de amarla como ella se merece.

Aquellas palabras le dolieron. La verdad dolía.

–Nunca me has perdonado y no merezco que lo hagas –continuó su abuelo–. Permití que tu padre se convirtiera en un monstruo. Lo único que te dio fue un apellido que te hizo pasar un infierno. Yo no estaba preparado como hombre para recibirte como necesitabas para curarte –confesó–. Mi amor llegó demasiado tarde y no es suficiente. Tú no confías en él. Así que has rechazado a Viveka. Ella no se merece ese dolor, y es culpa mía que esté sufriendo.

–Encontrará el amor –gruñó Mikolas. Y al instante se sintió incómodo con la idea de que otro hombre la abrazara por las noches. Odiaba a aquel hombre invisible que la haría sonreír porque finalmente Viveka se sentiría correspondida en su amor.

–Viveka es muy fuerte –reconoció su abuelo con orgullo.

Sí lo era.

Cuando Mikolas recibió el informe final sobre la responsabilidad de Grigor en la muerte de su madre se quedó pasmado. El informe recopilaba docenas de testimonios de agresión y otros delitos por toda la isla, pero fueron las declaraciones de Viveka las que le destruyeron.

¿Qué diferencia había entre un hombre que te arrancara los dientes y otro que golpeaba a una niña en la cara? Mikolas había perdido las uñas de los dedos. Viveka había perdido a su madre. Él sufrió humillaciones y tuvo que suplicar el agua hasta que su ADN le salvó. Ella se tuvo que ir a vivir con una pariente que no la quería y sin embargo Viveka se ocupó de cuidarla en su trágico declive.

Viveka encontraría el amor porque a pesar de todo lo que había pasado estaba dispuesta a amar.

No era una cobarde que salía huyendo y se escondía diciendo: «es mejor que lo dejemos aquí».

No era mejor. Era un tormento. Pero en cuanto vio su cara en la pantalla del móvil fue como si le dieran un respiro.

—Tengo que contestar —les dijo Mikolas a los miembros de la junta con voz y mano temblorosa.

Deslizó el pulgar para responder, mareado al darse cuenta de que la idea de escuchar su voz calmaba su sufrimiento.

—¿Sí?

—He pensado que debía avisarte —dijo Viveka con tono de remordimiento—. Me han arrestado.

—¿Arrestado? —Mikolas se dio cuenta de que todo el mundo dejaba de hablar y lo miraba fijamente. De todas las cosas que esperaba oír, aquella era la última—. ¿Estás bien? ¿Dónde estás? ¿Qué ha pasado?

—Estoy bien —Viveka tenía un tono agobiado—. Es una larga historia y Trina me está buscando un abogado, pero no dejan de decir tu nombre. Quería que lo supieras por si aparece en la prensa o algo así. Has trabajado muy duro para limpiar tu apellido y odio que por mi culpa vuelva a salir el pasado. Lo siento mucho, Mikolas.

Solo Viveka sería capaz de llamarlo para avisarle y

no pedir nada para sí misma. ¿Cómo había podido llegar a sentirse amenazado alguna vez por esa mujer?

–¿Dónde estás? –repitió con más insistencia–. Tendrás un abogado allí en menos de una hora.

Capítulo 13

EL ABOGADO de Mikolas dejó a Viveka en el apartamento que Mikolas tenía en Londres. Viveka estaba muy nerviosa y eran las dos de la mañana. No intentó tomar un taxi para ir a casa de su tía. No tenía llave, tendría que pedirle una al vecino al día siguiente.

Así que volvió a tirar de Mikolas una vez más y no se molestó en acomodarse en su habitación de invitados. Se dio una larga ducha y lloró hasta que no pudo más, y luego se puso la bata negra de Mikolas y fue hasta su cama con una caja de pañuelos de papel.

El sueño era su único escape para no sentir que le había perjudicado con aquel estúpido interrogatorio. Los agentes de aduanas iban a quedarse con el dinero durante cuarenta y ocho horas porque estaban en su derecho, pero el abogado pensaba que después de eso lo dejarían estar. A Viveka no le importaba, estaba demasiado agotada y echaba tanto de menos a Mikolas...

Un peso cayó el en colchón a su lado y una mano cálida le acarició el lateral del cuello. Alguien encendió la luz y una voz de hombre dijo:

—Viveka.

Ella se despertó sobresaltada y se sentó de un salto.

—Sh, no pasa nada —la tranquilizó Mikolas—. Soy yo. No quería asustarte.

Viveka se llevó la mano al corazón.

—¿Qué estás haciendo aquí?

Su imagen la impactó. No solo su atractivo natural

con la camisa arrugada y el cuello abierto. No solo la barba incipiente. Había mucha ternura en su mirada.

–Tu abogado me dijo que estabas en Barcelona –había protestado cuando Mikolas envió al abogado, insistió en que solo le informaba por cortesía.

–Lo estaba –Mikolas bajó la mirada para disimular lo que estaba pensando–. Siento haberte despertado, pero no quería asustarte deslizándome en la cama a tu lado.

Viveka siguió su mirada hacia los pañuelos de papel arrugados que cubrían la cama y se odió a sí misma por ser tan obvia.

–Me daba pereza hacer la otra cama. Me voy...

–No. Tenemos que hablar. No quiero esperar –Mikolas le colocó un mechón de pelo detrás de la oreja.

Mikolas deseaba con todas sus fuerzas abrazarla. Recoger todo el calor sanador que Viveka irradiaba y cerrar las heridas finales de su alma. Creía que abrirle las puertas de su corazón sería algo aterrador, pero era como volver a casa. La pequeña llama que sentía en el pecho se hizo más grande y más cálida.

–Quiero tenerte cerca, Viveka. No solo por el sexo, sino por cosas que no puedo siquiera pronunciar. Me da miedo decirlo, pero quiero que lo sepas.

Ella contuvo el aliento y se cubrió la boca con ambas manos.

«Esto no puede ser real», pensó Viveka parpadeando y dándose un pellizco en el brazo.

La mano de Mikolas seguía en su brazo. Él levantó la vista hacia su rostro y el brillo tierno de sus ojos le atravesó el alma.

–Tenía miedo de dejar que me importaras por si alguien pudiera utilizar eso contra mí. Entonces, ¿qué hice? Te aparté de mí y me hice daño a mí mismo. Tenía razón al temer lo mucho que me dolería si no estabas cerca de mí. Es insoportable.

–Oh, Mikolas –a Viveka le temblaron los labios–. El daño nos lo hiciste a los dos. Quiero estar contigo. Si me quieres, aquí estoy.

Mikolas la estrechó entre sus brazos, incapaz de contenerse. La abrazó durante largo tiempo disfrutando de la belleza de tenerla contra él.

–Gracias por decirme que me quieres cerca –dijo Viveka abrazándole con tanta fuerza que le dejó casi sin respiración–. Es suficiente, ¿sabes? –alzó los ojos enrojecidos para mirarlo–. No te pediré que me digas que me amas. Pero yo debería haberlo dicho antes de dejar París. Siento no haberlo hecho. Estaba intentando protegerme para no sufrir más. No funcionó –murmuró–. Te amo demasiado.

–Eres muy generosa –Mikolas le tomó la mejilla y le secó las lágrimas con el pulgar–. Quiero tu amor, Viveka. Pagaré cualquier precio por ello. No me dejes ser un cobarde. Deja que te dé lo que necesitas. Deja que te lo diga y que te lo diga de verdad.

–Tú no eres un cobarde –los ojos de Viveka volvieron a llenarse de lágrimas, esta vez de empatía.

–Tenía miedo de decirte que iba a venir –admitió él–. Tenía miedo de que no estuvieras aquí si lo sabías. De que no me dejaras intentar convencerte de que te quedaras conmigo.

A Viveka le latía el corazón con tanta fuerza que apenas podía respirar.

–Solo tienes que pedirlo.

–Pedirlo –Mikolas le apartó el pelo de la cara y la miró, ofreciéndole humildemente su corazón humano lleno de fallos–. No puedo insultarte pidiéndote que te quedes conmigo. Debo hacerte la gran pregunta. ¿Quieres ser mi esposa?

A Viveka le dio un vuelco al corazón.

–¿Hablas en serio?

–¡Por supuesto que sí! –aseguró él–. Y esta vez estará la mujer correcta bajo el velo. De hecho ya estaba la mujer correcta la primera vez –añadió dándole un beso en la punta de la nariz–. Pero entonces no lo sabía.

Los ojos de Viveka se llenaron de lágrimas de felicidad. Le rodeó el cuello con los brazos, necesitaba besarlo.

–Sí. Por supuesto. Me casaré contigo.

Se dieron un beso poderoso y al mismo tiempo tierno. Las chispas físicas que saltaron entre ellos fueron más fuertes que nunca, pero el momento fue mucho más que eso. Estaba imbuido de confianza y apertura.

Fue algo precioso.

–Quiero hacerte el amor –murmuró Mikolas deslizando la boca hasta su cuello–. El amor, Viveka. Quiero despertar a tu lado y que aprovechemos al máximo cada día que tengamos para estar juntos.

–Yo también –aseguró ella con tono feliz–. Te amo.

Epílogo

PAPÁ, tengo frío.
Viveka escuchó aquellas palabras desde su estudio. Estaba en mitad de un bodegón de los juguetes de Callia para la clase de pintura avanzada en la que la habían aceptado. Tras tres años de bocetos, óleos y acuarelas estaba empezando a pensar que no se le daba tan mal. Su marido siempre la halagaba, por supuesto, pero él no era parcial.

Se limpió la pintura de los dedos antes de agarrar la sudadera rosa que su hija había dejado tirada en el suelo. Pero cuando entró en la sala se dio cuenta de que no hacía falta. Mikolas ya se había girado en el escritorio para subir a su hija de tres años a su regazo.

Callia le rodeó el cuello con los brazos antes de acurrucarse contra su pecho y rozarle el hombro con sus delicados rizos castaños.

–Te quiero –dijo la niña con su voz de muñeca.

–Yo también te quiero –contestó Mikolas con un tono de profunda sinceridad que desarmaba a Viveka cada vez que lo oía.

–También quiero a Leo –aseguró mencionando a su primo, el hijo recién nacido de Trina–. ¿Tú quieres a Leo?

–Me vomitó en la camisa nueva –recordó Mikolas con ironía–. Pero sí, lo quiero.

Callia se rio y convirtió la conversación en un juego.

–¿Quieres a la tía Trina?

–Le he tomado mucho cariño, sí.

–¿Quieres al tío Stephanos?

–Lo considero un buen amigo.

–¿Querías a *Pappoús?* –señaló la foto que había en el escritorio.

–Lo quería mucho.

Callia no recordaba a su bisabuelo, pero la había tenido en brazos de bebé y le había dicho a Viveka que tenía sus ojos. También le aseguró a Mikolas que era un hombre muy afortunado.

Mikolas le dio completamente la razón.

Perder a Erebus había sido duro para él. Para Viveka también. Afortunadamente, tenían una recién nacida con la que distraerse. El embarazo había sido una sorpresa, pero el impacto dio paso a la emoción y ahora estaban tan encantados con la vida familiar que estaban pensando en hacerla todavía más grande.

–¿Quieres a mamá? –preguntó Callia.

Mikolas levantó la cabeza y miró hacia Viveka, haciéndole saber que había sido consciente de su presencia todo el rato. El amor que sentía por ella brillaba como un faro en el espacio que había entre ellos.

–El amor que siento por tu madre es lo más fuerte que hay en mí.

Bianca

¿Iba a perder él algo más que su memoria?

El millonario griego Leon Carides lo tenía todo: salud, poder, fama, incluso una esposa adecuada y conveniente… aunque jamás la había tocado. Pero un grave accidente privó al libertino playboy de sus recuerdos. El único recuerdo que conservaba era el de los brillantes ojos azules de su esposa Rose. El deseo que experimentó por ella durante su convalecencia anuló las brechas que había entre ellos en el pasado y, a pesar de sí misma, Rose fue incapaz de resistirse al encanto de su marido. ¿Pero sería capaz de perdonar los pecados del hombre que había sido su esposo cuando este tuviera que enfrentarse a ellos?

DIFÍCIL OLVIDO
MAISEY YATES

ROBYN GRADY

OTRA OPORTUNIDAD PARA EL AMOR

Jack Prescott, dueño de una explotación ganadera, no estaba preparado para ser padre. Estaba dispuesto a cuidar de su sobrino huérfano porque debía cumplir con su obligación, pero en su corazón no había lugar para un bebé... ni para Madison Tyler, la mujer que parecía empeñada en ponerle la vida patas arriba.

Pero Jack no podía negar la atracción que sentía por Madison, y no tardaron en dejarse llevar por el deseo. Pero la estancia de Maddy era solo algo temporal, y él jamás viviría en Sídney. ¿Cómo podían pensar en algo duradero perteneciendo a mundos tan distintos?

¿DE MILLONARIO SOLITARIO A PADRE ENTREGADO?

¡YA EN TU PUNTO DE VENTA!

Bianca

Después de una apasionada aventura y de una triste traición, no deseaba volver a ver a aquella mujer nunca más...

Cuatro años después de abandonarlo, Caitlin Burns se reencontró con Flynn Mac Cormac y le dio una sorprendente noticia: tenían una hija en común. Flynn no podía perdonarle que le hubiera ocultado la existencia de la niña y no iba a permitir que lo abandonara una segunda vez, por lo que le exigió que se fuera a vivir con él a su ancestral mansión familiar. Allí criarían juntos a su hija y Flynn disfrutaría de nuevo del cuerpo de Caitlin. Quizá no confiara en ella, pero sabía que entre ellos había una pasión que nada podría destruir...

TRISTE TRAICIÓN
MAGGIE COX